山家望
nozomi yamaie

birth

筑摩書房

birth

装画＝佐藤未希《砂埃》（部分）2014
提供＝ Yoshimi Arts
撮影＝高嶋清俊
装丁＝川名 潤

birth

トイレの窓台に並べられた動物たちの置物はクリスタル製で、窓はジャロジー窓だった。上鴨や犬、ペンギンなどが並ぶ中で私の一番のお気に入りはハリネズミの置物だった。上体を起こして二足歩行の姿勢になったハリネズミの腹はつるりとしており、横腹から背中にかけて無数に生える針に軽く手のひらを押し当てるとくすぐったい感じで可愛らしく、私が風邪などをひいたときには決まって横倒しになっていた。

ママ、あのね、と、私は言った。

この子はわたしなの。だからこの子が倒れていたら、ぜったいに立たせてあげてね。お願いね。約束だからね。

身をかがめ、わたしの髪を指でとかしながら微笑む母の顔は霞んでよく見えない。

朝、早く起きすぎてしまったとき、窓の外を包む光が青から白に変わる時間帯、ぼんやりとまどろみに身を任せているようなそんなとき、稀に脳裏に甦る懐かしいこの記憶が本当に私のものであるのか確かめる術を私は持っていない。計算上そんなふうに上手に言葉を喋るようになったときにはもう私は施設に預けられており、そして高校を卒業するまでずっと血のつながらないたくさんの女の子たちと一緒に育った。

敷地内には小学校から高校まで用意されていて、私の幼少期から思春期にかけての生活はほぼ全てこの敷地内で完結していた。長期休みになると大半の女の子たちには帰る家があったもののそうでない女の子たちに私は含まれており、だから正確には預けられていたという表現はふさわしくなかった。私は預けられていたのではなく、ただそこを拠点に生きていたのだった。時を隔て今はそのように考えることが出来るようになったけれど、当時の私は自分のことを預けられている子というふうに考えていた。それで何かが変わるわけではなかったけれど、それでも何もないよりはましだった。

それ以外にもう一つ。私には母子手帳があった。私の名前と生年月日。母の名前と生年月日。父の名前はなく、二歳健診まで順調につけられた私自身の健康と成長の記録。少なくとも二歳までは愛された、私自身の証明。

私たちは施設からそれぞれ小さな引き出しを一つずつ与えられており、私がいつも使っていたベッドの脇に置かれたその中に、母子手帳は入っていた。誰も迎えに来てくれなかったとしても、母子手帳がある限り私はひとりぼっちではなく、ちゃんと存在が証明されている子どもなのだと実感することが出来た。

あの頃のことを思い出そうとしてもあまりうまくいかない。どのように感じながら過ごしたのかとか、どんな友達がいたのだとか、大まかな縁取りは容易に思い出せる一方でディテールは欠落して細かなことを思い出そうとすればするだけフォルムまでぼやけて不確かになってゆくのだった。

教室や廊下、宿舎に響く甲高くヒステリックなおしゃべりや、隅の方から漏れるおし殺した意地悪な噂話に耳を澄まそうとする度に声は膨張しながらくぐもって、映像も露光過多の記録写真みたいに間延びして、陽にあたためられた安物の、硝子の分厚い金魚鉢の中を観察しているような、そんな感覚に陥るのだった。

あれからまだ数年しか経っていないはずなのに、こんなふうにろくに思い出すこともできず不安になることもある。しかし結局はものごとを深く考えずにぼんやりと過ごしていたからなのかもしれないと思うようになった。たしかに私はどうせこの生活も仮の宿なのだからと物事をやり過ごすようにして大人になった。

その感覚は施設を出て自活をするようになって五年近く経過した今でも拭い去ることが出来なかった。日をおうごとに一日いちにちを踏みしめる感触は希釈されて、ビニールボートの上に寝転がり一人潮に任せて漂っているような感覚。だけど私はビニールボートに乗ったことなどあっただろうか。

そんなことを思いながら眺める母子手帳の表紙には氏が同一の保護者二人の名前と交付

日（約一年前）、子どもの名前と生年月日、性別（松島糸、平成三十年十一月三日、女）が記入されていた。

開けば子どもの保護者の情報欄と出生届出済証明、次のページから空欄が続く妊婦自身の記録のページ。医療機関が記入した七ヶ月分の妊婦経過。五ヶ月目の特記事項には〈児心音（＋）〉の表記が初めて記録され、その後同様の表記。次のページには母親が出産や子育てのための学級に積極的に参加した記録、そして出産の状態を示す記述が続いていた。

妊娠三十九週十二日、平成三十年十一月三日午前四時二十一分娩出、頭位による自然分娩、所要時間は九時間五十二分、中量の出血量（二四六ミリリットル）、単胎、体重二千九百十三グラム、身長四十七・六センチメートル、胸囲三十二センチメートル、頭囲三十三・四センチメートル。そして出産した病院と担当医の名前。出産後の母体の経過についても三日後、三十日後ともに良好。一ヶ月児童健康診査（平成三十年十二月一日実施）体重三千七百六グラム、身長五十二センチメートル、胸囲空欄、頭囲三十六センチメートル、栄養状態良、母乳による栄養法、健康で一日増加量二十八・三グラム、K2シロップ一本渡し済み。付箋に書き込み「体重平均一日あたり二十から三十グラム　尿は一日七回以下になったら注意」。次のページに三ヶ月健康診査（平成三十一年二月四日実施）。六千百十グラム、六十二センチメートル、胸囲四十一センチメートル、頭囲三十九・八センチメートル、栄養状態良、母乳による栄養法、股関節開排制限なし、カウプ指数十五・九。

そして、六ヶ月健康診査の実施日に今日の日付。カウプ指数十七、順調の表記。

私はページを閉じてもう一度母子手帳を眺めた。塩ビのカバーに納められてパリッとして、その清潔さがそのまま糸という名前の女の子が愛されている証拠のような気がした。

私がベンチに座ったとき、ちょうど足下に落ちていたこの母子手帳の持ち主らしき人物の影はなく、周囲にはただ青々とした芝生がゆったりと続くだけだった。隣に置いたデジタル一眼のストラップを指で手繰り寄せると膝の上に置き、もう一度視線を落とした母子手帳の表紙に描かれた赤ちゃんの表情は無個性、ただ自分の存在がどこまでも受け入れられているというように悠々と円柱の形をした積み木で遊んでいた。

私は私にもこんな時間があったのだろうかと考えた。こんなふうに無警戒にのびのびと、自らが邪険にされるなど、邪険にされる可能性があるなどと一切思いもよらず、ただ遊びに耽ることが当然な時間が私にもあっただろうか。もしそんなふうな時期が一瞬でもなかったとしたら。

私はベンチから立ち上がると芝生を横切り根岸森林公園をあとにした。

やや急勾配の坂道を下り、図書館にあわせて大きくカーヴするアスファルトを踏みしめて歩きながら、この母子手帳と私の母子手帳を見比べたいと考えた。私の母子手帳はアパートのタンスの一番上の引き出しにしまってあった。交差点に紅葉坂、商業ビルを迂回すると突然ひらける広場に寄り添うようにある駅は、私が過ごしていた施設の最寄り駅から三駅のところにあった。

広場を縦断するように駅の手前までカフェやハンバーガーショップ、古いブティック、金券ショップが続き、コンコースの入り口には花屋があった。ショーウィンドウの中には色とりどりの花が並び、硝子には母の日の大きなポスターが貼られていた。

母の日。

施設の女の子たちのほとんどには、少なくとも気軽にカーネーションを贈ることの出来る母親はいなかった。だから毎年三月になると専用の花壇に株を植え、当番制で世話をして咲いたカーネーションを施設の卒業生であり、施設の運営を維持するために必要な寄付金を払う元女の子たちに贈った。

母の日は私たちにとって母に感謝の意を示す以上に、母になるための準備を行う日だった。年齢ごとにいくつかのグループに分けられて多目的室に集められ、身体が大人に向かって成長してゆく仕組みや着床の仕組み、受精卵と胎児の成長について学び、望まない妊娠や計画を欠いた出産が起こらないようにする術を学ぶ日だった。つまりそれは、私たちが私たちのような子どもを産まないようにするための指南を授かる一日だった。年齢ごとの講習会が終わると全員が講堂に集合し、院長先生からの激励を受け、毎年一人か二人、私たちの母親役の元女の子が何かスピーチを行った。退所したあとの生活はどんなふうなのか、何に気をつけ何を楽しむべきなのかを教えられ、私たちも退所し自活をするようになったら施設の女の子たちのために母親役となって運営を助けることの重要性と素晴らしさを教えられた。

退所した女の子たちのほぼ全員が私たちの母親役になっているとのことで、一番良いやり方は、毎月のお給料の中から五千円を専用の封筒に入れて使わないようにして一年に一度の振り込みを行うことであるらしかった。

私の場合、銀行の封筒を使っていて、母子手帳をしまってある引き出しの中に入れるようにしていた。働いているとは言っても正社員として職を得たことは一度もなく、毎月五千円の積み立ては苦しい。こんな事すべきではないのではないかという疑問も払拭することは難しく、そうすることが当然であると自分を納得させるのには努力が必要だった。

私たちのうちのほとんどは施設で生活し、食事をし、服を与えられ、学ぶ為に一度もお金を支払ったことがなく、その間は補助金や母親役をはじめとした多くの人たちから送られてくるお金がそれを支えてくれた。だから自分の順番が回ってきたらしてもらったことをそのまま返す。だけどしてもらったことを全てそのまま返すというのが当然なのだとしたら、私は子どもが生まれたら二歳まで育て、そのあとは施設に預けなければならなくなる。どういう経緯で私があの施設に送られたのかを私は知らないし、知る術をもってもいないけど、私はそれを知っていなければならないような気がしていた。施設を出たら、私は母を訪ねたいとずっと思っていた。

母と会うための手がかりは母子手帳だけで、そこに記された名前と生年月日、出生届を受理した役所だけが頼りだった。役所の窓口で事情を話せば住民票などから母の居場所が分かるのではないかと期待はするものの、ぐずぐずと行動に移せないまま何年も経ってしまった。

施設を出たらその足でと幼い頃から想像していたものの、実際には引っ越しや新生活の準備で慌ただしく、住民票を移すために役所を訪ねたときも一緒に退所する女の子たちと集団行動をしていたため、母の住民票について問い合わせたり手続きをしたりといった時間はなかった。このとき私が訪れた役所は私の母子手帳に添付された出生届出済証明にあるのと同じ役所だった。だから本当はやろうと思えば出来たのに行動に移さず、一度機会を逸してしまうと日を改めて役所の窓口で手続きをする勇気がなかなか湧いてこなかった。

施設で生活する間にはあんなにも焦がれていた母との再会も、一度外の世界に出てしまうと不安が募った。現実的な線で考えれば母はもう生きていないかもしれず、もし生きていたとして、二歳で私を預け、それから一度も訪ねてきてはくれなかったのだから私との再会を喜んでもらえるかどうか不安だった。

そんなふうにしてあれこれ想像を膨らませては勇気が挫け、会いたい気持ちは変わらないどころか募る一方で、そんなことはすべきでないのかもと考えるようにもなっていた。

私のアパートは石川町、遊行坂をほんの少し上って右折し、上辺を密集したプラタナスが縁取る擁壁沿いの細道を歩いた先の角地にあった。

擁壁の上部は羊歯系を中心とした細かな植物が覆い尽くし、下から見上げると遠近感も相まって羊歯が高く伸びてプラタナスになっているように見えた。夏も盛れば民家の庭から伸びる草木がプラタナスと絡み合い、ところどころでアーチとなって日陰をつくった。私の部屋は二階建ての二階で、天井が薄いのか夏は外よりも暑くなったがそれでも雨漏りすることもなくそれなりに暮らすことの出来るところだった。

部屋は蒸していて、草の匂いがした。薄い桐のタンスは越してきたときにはもうすでにあったもので、造りつけか、前の住人がそのままにしていったものだった。

私は一番上の引き出しを開けた。私の母子手帳は触るといつも少し湿っているような感じがした。ローテーブルのところまでいって床に座り、テーブルの上に並べた二冊の母子手帳を眺めた。デザインは違っているものの、どちらも横浜市が発行していた。糸と名付けられた子どもの母子手帳を一枚捲ると、糸の母親の生年月日が手書きされていた。
松島ひかる　一九九七年六月十三日
それは、私の母子手帳の表紙に書かれた私自身の生年月日と同じ日だった。
市ノ瀬ひかる　一九九七年六月十三日
同じ名前の子どもが同じ市内で同じ日に生まれる。私は胸がどきどきしてきた。糸という子どもが、ほんの一瞬だけ私の子どもであるような錯覚に陥って胸がつかえ目頭が熱くなった。私が手にできなかった家庭のあたたかで甘やかな時間を、この子に与えたいと思い、今まさにそうであってほしいと思った。私は一人ではない気がした。親子はきっと母子手帳がないことに気がつき戸惑っているはずだ。
きっと六ヶ月健診を終えたその足で公園に散歩に出かけ、医師に告げられた「順調です」の言葉に胸を軽くしてベンチに腰掛け休息を取っていて、それで少し気が緩んで地面に母子手帳が落ちたことにも気づかずその場をあとにしてしまったのだ。今頃慌てて家から病院までの道を探し回っているかもしれない。そう考えると私はいても立ってもいられなくなった。
駅に向かう途中でタクシーを捕まえた。シートに腰を下ろし、息を整える間もなく行き先を告げてから気づいて財布の中身を確認すると、まぁなんとかなりそうだった。

「どれくらいで着きますか」

運転手の男は中年ででっぷりとしており、背広の肩の部分の生地が窮屈そうにつっぱっていた。ルームミラー越しにちらりと私の顔を見ると、十分くらいで着きますよ、と言った。


「待ち合わせですか」

「いいえ、忘れ物をしたんです」

運転手は鼻から息を吐き出しながら頷くと、それじゃあ急がなくちゃ、と言った。

「誰かに取られたんじゃまずいから」

私はルームミラーに映る運転手の顔を見た。運転手は私を見ていなかった。ただ退屈そうに前を見据えており、言葉に反してアクセルを強く踏みこもうとかそういう意志は全然ないようだった。私はこの運転手のことを信用できないと考えた。

タクシーは公園の蓑沢口に停車した。母子手帳を拾った旧一等馬見所が見下ろすベンチの最寄りは山元町口だったが、精神的にも金銭的にも一刻も早く運転手から離れたかった私は素直に料金を支払い、車を降りると駆けだした。

夕方が過ぎ、夜が訪れるまでの束の間、木々のシルエットは闇に溶けはじめ、厳かで慈しみ深い感じのする馬見所は細かな遠近感を失って広くひらいた空にくっきりとそびえているのが見えた。星はまだ出ておらず、色の薄い月だけがぺったりと浮かんでいた。

起伏のある芝生を抜け、一段高くなっているモーガン広場を横切った先にベンチはあった。ベンチの周囲に人影はなく、息を切らしてベンチのところまできてからそもそも広場でも誰ともすれ違わず、タクシーを降りてから人の気配すらなかったことに気がついた。

私は根気強く周囲を見回し続けた。空気がむっとしていて、丘の上に建つ馬見所以外に高い建物がないので重苦しい湿気が面の強さを持って芝生にのしかかっているような感じ、胸の中の空気までずっしりと重たくなってゆく気がして思わずハッ、ハッ、と吐き出した息もすぐに弾力を失って足下に沈むようだった。

あの、と私は言った。痰が絡んだようにか細い私の声に応えてくれるものはいなかった。あの、と、私はもう一度、今度は大きな声が出るよう意識して言った。しかし周りには誰もおらず、それにそのあと何と続ければ良いか分からずに私は結局黙り込んだ。

少なくとももうここには母子手帳を探し彷徨う母親の姿はなかった。立っているのが億劫になりベンチに腰を下ろすと、誰もいない芝生や遊具、むこうの方に見える木々の隙間にチラチラと過ぎる自動車のランプを見つめた。

芝生は左の方角になだらかな傾斜を見せ、その行き止まりのフェンスの向こう側はアメリカ人たちの居住区だった。家の前にはよく整えられた庭があり、滑らかな芝の上に窓から零れるあたたかな灯りが模様をつくっていた。

それがどんなふうにしてだったのかは知らないが、とにかく私が私の母親の手から施設に預けられたとき、私は淋しかっただろうかと考えた。今みたいに、自分はひとりぼっちになってしまったのだと感じたのだろうか。

立ち上がったのとほぼ同時にポケットの中の携帯電話が着信音を鳴らした。

「もしもし……もしもし」

編集長の声だった。私は耳元で私に語りかける声にじっと耳を澄ませた。電話の声は機械を通って話す人の音質に一番近い音に変換されて耳に届くのだと以前何かの記事で読んだことがあったけれど、どんなに神経を集中させてみても私の耳に届くのは編集長の声で、私に語りかける声は人間のものだった。声は、もしもし、もしもしとくたびれたように繰り返していた。

「もしもし」と、私は答えた。

「聞こえているね。どうして何も答えない」

「すみません、ぼんやりしてしまって」

「風邪でもひいたんじゃないだろうね」

「大丈夫です」

「それならいいんだが。それで、写真は撮れた」

私は、撮ったと答えた。耳にごわついたノイズが響いた。私は編集長がため息をついたのだと思った。

写真を撮ったらデータを送ってくれなくちゃ、と編集長の声が言った。

「わかっています」

「それでは、送ってくれるね」

「必ず送ります」

編集長は同意を示す唸り声を上げると電話を切った。

私は最後にもう一度だけ周囲を見渡すと、急ぎ足で来た道を戻った。芝生の上を歩きながら、かつてここは競馬場で、筋骨逞しい馬たちが競い合って駆け抜けたのだと思った。私は馬になんとなく愛着を抱いていたものの実物を見たことはなく、テレビなどで競馬中継を目にする限りでは騎手に対して馬はあまりにも巨大、良く訓練されたように見える身体はしなやかで美しかった。いつか競馬場に行って本物の馬を見てみたいと感じるものの、競馬場内でのルールや正しい立ち振る舞いなど何も分からず、行ったとしても恥をかくだけのような気がして実行に移そうとは思わなかった。私はこんなふうにいつも何かにびくびくしながら生きている感じだった。

門を出ると住宅街で、振り返ってみても高低差や鬱蒼とした木々に隠されて旧馬見所のような美しい建造物があるようには思えない。

人通りの乏しい道路は三十キロ制限で、アスファルトに浮かび上がる〈スクールゾーン〉という文字の存在感に反して学校がどこにあるのか分からなかった。糸という子どもを持つ私と同じ名前の母親に、早く母子手帳を返してあげないと、と私は考えながら歩いた。きっと私が持ち去ってから戻ってくるまでの間に探しに来て、当然のことながら見つからず、とぼとぼと家に帰っていったに違いない。今頃絶望しているだろうかと私は思った。夫に叱られているかもしれない。夫だって今日が六ヶ月健診の日であることを知っているはずで、であれば当然、不安と期待を抱えながら仕事を切り上げ帰宅したに違いない。それなのにその結果が記されたはずの母子手帳がないのだから怒って当然だった。むこうの方で信号機の青が消えて黄が点灯し、ややあってから赤色が点灯するのが見えた。その足下を白い光が照らしていた。私はその白い光を目指して歩いた。光はコンビニエンスストアの灯りだった。

三叉路に出て左に折れると道路は二車線になり、青い雨よけが続く商店街の舗道を私は駅に向かって歩いた。道はだらだらとした下り坂で、歩いているうちに膝の下のあたりに鈍い痛みを感じ始めた。このあたりを何というのだったかと私は考えた。膝と、すねのつなぎ目、すねよりもやや膨らんだ骨を感じるこの部分。

　地蔵坂を下り、橋を渡って川沿いに歩いたところにある駅から関内駅までの一駅分電車に乗り、高架沿いをしばらく歩いたところにある中小企業センタービルが私の職場のある建物だった。建物の外壁のほとんどが鏡のように反射の強い窓で覆われており、朝など陽射しの強い時間帯にはぎらぎらと眩しいくらいで、この四方八方を射貫くような燦めきは真夏の海から見上げる太陽を私に思わせた。ゆらゆらと頼りなく揺れるビニールボートに仰向けになり腕を額にあててもなお強烈な陽射しを睫毛の間から見上げながら私は、もう岸に戻れないかもしれないと半分諦めていた。もう一度身を起こして確認した砂浜は海水浴に訪れた多くの人でごった返していて、そんなに絶望的なほど遠いようには見えないものの、どんなに手で波をかいても反対側、どこまでも続き、見つめていると飲み込まれそうなほど途方もない海の方へ押し流されてしまうのだった。私は悲しくて不安でもあったけれど、泣きはしなかった。ただ、もうママに会えないんだ、とそう思って辛かった。だからそのことについてはなるべく考えないようにして、ごろりと寝転がった。寝転がるとボートがぐにゃりとなって跳ねた水が私の腿を濡らしたけれど、転覆する気配はなかった。太陽を見つめたまま濡れた腿を触り、そのまま身体の表面を辿っておなかに触れた。水着はもう完全に乾いており、私のおなかは本当にぺしゃんこだった。

これがいつ頃の記憶か定かではなかった。そもそも母とともに暮らしていた時期であれば二歳の子どもを一人でビニールボートに乗せて放っておくはずはないし、施設で暮らし始めてから海に連れて行ってもらったことがあったかも覚えていない。もし施設の女の子たちと行ったのであれば、ビニールボートを一人で独占することが許されるとも思えなかった。時折私の記憶は私の認識と齟齬を生じさせることがあった。それが私の記憶を混濁させる原因の一つであるようだった。

エレベータは音もなく上昇していた。事務所が入っているのは五階の一角で、白いドアには横浜市民新聞・地域振興課とプリントされたアルミプレートが取り付けてある。中の事業者が変更される度にヘラで文字の部分だけ剝がして使い回せるようなやつだった。

室内は広くはなくデスクが五台と壁を埋め尽くすキャビネット、キャビネットに入りきらない紙の束でできていた。

部屋の中にいるのは編集長だけで、私が入るとぎょっとしたように目だけを上げ、まじまじと見つめたあとで、そうだったね、と言った。

私は自分のパソコンを持っていないので撮影したデータを会社に送るには、データが入ったカメラを会社に持ち込むのが唯一の方法だった。あてがわれたデスクについてパソコンを立ち上げカメラと繫いでデータを読み込ませると、良く撮れているように見える数枚を選んで社内の共有サーバーに移した。写真は全て旧馬見所で、様々な角度から撮影したものだった。

私は新聞社の社会貢献活動の一環である地域振興課の臨時職員として雇われていて、仕事は市の歴史を振り返るための写真資料の撮影だった。写真は唯一私が人並みに出来ることで、勉強も運動もままならない私に見かねた先生が写真部に誘ってくれたことをきっかけに始めたものだった。

私たちは基本的に高校を卒業するのと同時に施設を出なければならず、お金もない状態で家を見つけ自活することになるので、高校の卒業式を迎えるまでの間になんとか生きる方法を手に入れなければならなかった。なんとか人並みに出来るとはいっても全然プロレベルとは言えない私の写真ではどこの会社でも求められず、最初の数年は事務作業やカフェの店員など転々としたもののどれも長続きしなかった。

二月のおわりに情報文化センターで報道写真展があった。広々としたエントランスに規則正しく並べられたパーティションに掛けられた写真とキャプションを無料で見ることが出来る催しで、地元の新聞社が所有する五十年分の写真が時代順に並べられていた。

横浜市民新聞社が提供する写真はほとんどが商店の開店だとか閉店、五つ子がどこそこの病院で誕生したといった世間を揺すぶるのとは無縁のもので、地域で長く愛された鰻店が歴史に幕を下ろす瞬間の写真の下に地域振興課で臨時職員を募集している旨の告知を見つけたのだった。

地域情報化推進のための臨時職員募集中　社会貢献活動の一環である地域情報の開示を目的とした資料の収集と取りまとめ、撮影、郵便物の仕分けなどのサポート業務　月に十五日程度、日に五から七時間の勤務　時給九百八十三円から開始　昼食補助あり　契約期間六ヶ月（雇用契約は二回まで更新あり）勤務開始日は三月十四日予定（応相談）横浜市民新聞社地域振興課　長峰まで

私はすぐに電話番号をメモして建物を出た。通りを渡り、歩道を駆けて県庁の公衆電話に十円玉を入れた。接続音を聞きながら財布を探り、電話の上に十円を一枚のせた。私が持っている十円玉はそれで全部だった。十円でだいたい一分に少し足りないくらいの会話が出来るからこれで二分弱喋れるはずで、臨時職員に応募するのに二分の会話で充分か不安だった。

八コール目で電話が繋がった。はい、と言う声はなんだか気怠い感じで、電話が鳴るのを迷惑に思っているようだった。

報道写真展で臨時職員募集中の張り紙を見ました、と私は言った。ここに来るまでに何度も口の中で練習した台詞だった。

「なんですか?」と、応える声は明らかに困惑していた。その反応に私はショックを受けて、束の間頭が真っ白になった。胸がきゅっとなり目がとても乾いて何度もまばたきをした。

「……もしもし? どちらにおかけですか」

「あの、横浜市民新聞社地域振興課ではありませんか」

「はい、その通りですが、すみません……もう少しゆっくり喋っていただけますか?」

「すみません。報道写真展で、臨時職員を募集しているという張り紙を見てお電話しました。あの、まだ募集されていますか」

「あぁ、職員の応募で電話くださっているんですね。はい、まだ募集しています。履歴書を送ってください。住所は神奈川県横浜市中区……」

住所を唱える声をヴィーッ、というブザー音が遮った。電話の相手は言葉を切って黙り込んだ。私は投入口に十円玉を入れると、住所は分かります、と言った。

「あの、募集の紙に書いてあるのをメモしました」

電話の向こうからは呼吸している気配だけが返ってくるだけで何の返事も聞こえず私は

不安になった。

「あの、もしもし」

「もしかして公衆電話から電話されていますか」

「ご迷惑でしたか」

「いえ、ぜんぜん。ただ、珍しいですね。今のブザーの音、以前はよく耳にしましたが、久しぶりに聞いたので一瞬何の音か分かりませんでした。そうですか、公衆電話からいただいているのですね」

「はい、県庁の電話で」

相手は、なるほど県庁の、と面白そうに言ったあと、それで履歴書を送っていただけますか、と言った。

「はい、送ります」

「ありがとうございます。ご縁があった場合には受け取ってから二週間以内にご連絡いたします」

「郵送のご連絡ですか」

「郵送？　いえ、お電話です。郵送がご希望ならそうしますが、郵送代がかかってしまうので……」

「あの、電話を持っていません」
「固定電話でなくても携帯電話でかまいません」
「携帯電話も持っていないんです。もちろんお仕事に支障があるでしょうから、お仕事をいただければ契約するつもりですけど、今までは必要ではなくて。なのでもし雇おうと思っていただいてもご連絡いただけません。だから二週間後にまたお電話させていただいても構いませんか」

電話は切れていた。必死に喋っていたので、ブザーが鳴っていたのか分からなかった。もしかして途中で切られたのかもしれないとも思ったが、しかし社会貢献を謳う会社が応募者とは言え少なくとも社外の人間にそのような態度を取るとも思えなかった。

私はまた通りを渡ってみなと大通りを進み、日本銀行の角を曲がって文房具屋で履歴書を買った。路地を歩いてかつて馬車の通り道だったという通りを下り、駅前の通りを進んで中小企業センタービルに入った。中小企業センタービルに入るのは初めてで私は緊張した。エントランスをぐるりとしてみたところ、自動販売機が並ぶ一角にカウンターと椅子があるのを見つけたので、そこで履歴書を書くことにした。

私の履歴書は簡単だった。小学校から高校まで全て同じ学校名が続き、二、三のアルバイト先（本当の職歴は七つ）。資格なし。扶養家族なし、配偶者なし、特技、写真とブラインドタッチ。志望動機、私は生まれたときからずっとこの土地で暮らし、地域振興という言葉に魅力を云々……。

写真を貼らなければならないことに気がついたものの建物の中に写真撮影の自動販売機は見当たらず、鋏も糊も持っていないのでなくても良いことにした。直接持って行くのだから顔を見てもらえば良い。私はエレベータに乗り込み五階のボタンを押した。

それがつい三ヶ月前の出来事で、私にはまだあと三ヶ月の契約期間が残されていた。そのあと更新されるのかどうかは分からなかったが、どちらにしてもあと三ヶ月間は身元が保証されるのだと思うと安心した。私はこの仕事に就いて生まれて初めて名刺を手に入れた。名刺を持っていると、私はちゃんと世の中につながっている感じがして嬉しかったし、初めて会う人に自己紹介をするときに何と言えばいいのか明確で、今までそんなふうに自信を持って名乗ることが出来なかった私には青天の霹靂だった。

それに編集長は私に携帯電話もくれた。

古い型でもじゅうぶんに使えるから、と言ってＳＩＭカードの契約の方法も教えてくれた。

「毎月請求書と領収書が送られてくるから、それをとっておくんだよ。それで、可能であれば確定申告に使いなさい。半額は経費に出来るから……」

私は確定申告をしたことがなかった。そんなことは誰も教えてくれなかったし、そもそも確定申告の意味を正しく理解している自信がない。しかし時期が来たら編集長がちゃんと教えてくれるだろう。

共有サーバーの私専用のフォルダの中に新しいフォルダが現れた。タイトルは今日の日付と撮影エリア。私が送ったものの中から編集長が適切な写真を選別したのだった。画像のファイル名には一つずつ数字が割り振られている。

私はレイアウト用のソフトを立ち上げて、文章に割り振られた数字の通りの場所に写真を配置していった。その仕事が済むと、編集長の確認用フォルダに移した。

おつかれさま、と編集長が言った。私は編集長のデスクのところまで行くと、母子手帳を差し出した。

編集長は驚いた顔をし、全然気がつかなかったよ、おめでとう、と言った。私ははじめ編集長が何を言っているのか分からずぼんやりとしてしまった。

「拾ったんです、その母子手帳。馬見所の下のベンチで」

あぁ、と言って編集長は母子手帳に目を落とし、ぱらぱらと捲った。

「名前が一緒だったから……」

「たぶんこの人今すごく困っているんじゃないかと思うんです」

「そうだろうね。手帳はこの、六ヶ月健診を受診したクリニックに持って行ってあげるといいだろう。クリニックから連絡してもらえると思うから」

編集長から母子手帳を受け取り、そうします、と言ったきりしばらくその場から動くことが出来なかった。そんなふうに簡単に解決する問題だとは思ってもみなかったのだった。

編集長はぼんやり佇む私をちらりと見、パソコンに目を落としてパチパチやると、今日はもう診療時間を過ぎているみたいだから明日だね、と言った。

「午前八時半以降に行くといい」

私はもう一度、そうします、と答え、荷物をまとめると事務所をあとにした。エレベータホールの白い光の中で、私は母子手帳を開いた。六ヶ月健診を担当したのは、いずみこどもクリニックだった。三ヶ月健診も同様で、一ヶ月健診と二週間健診はこどもが生まれた病院での受診だった。

出生届出済証明が添付されているページのとなりは二つ折りになっており、開くと児童憲章が書き連ねられていた。

われらは、日本国憲法の精神に従い、児童に対する正しい観念を確立し、すべての児童に幸福をはかるために、この憲章を定める。

児童は、人として尊ばれる。
児童は、社会の一員として重んぜられる。
児童は、よい環境のなかで育てられる。

1. すべての児童は、心身ともに、健やかにうまれ、育てられ、その生活を保障される。
2. すべての児童は、家庭で、正しい愛情と知識と技術をもって育てられ、家庭に恵まれない児童には、これにかわる環境が与えられる。
3. すべての児童は、適当な栄養と住居と被服が与えられ、また、疾病と災害から守られる。
4. すべての児童は、個性と能力に応じて教育され、社会の一員としての責任を自主的に果たすように、みちびかれる。
5. すべての児童は、自然を愛し、科学と芸術を尊ぶように、みちびかれ、また、道徳的心情がつちかわれる。
6. すべての児童は、就学のみちを確保され、また、十分に整った教育の施設を用意される。

7. すべての児童は、職業指導を受ける機会が与えられる。
8. すべての児童は、その労働において、心身の発育が阻害されず、教育を受ける機会が失われず、また、児童としての生活がさまたげられないように、十分保護される。
9. すべての児童は、よい遊び場と文化財を用意され、わるい環境から守られる。
10. すべての児童は、虐待、酷使、放任その他不当な取り扱いから守られる。あやまちをおかした児童は適切に保護指導される。
11. すべての児童は、身体が不自由な場合、または、精神の機能が不十分な場合に、適切な治療と教育と保護が与えられる。
12. すべての児童は、愛とまことによって結ばれ、よい国民として人類の平和と文化に貢献するように、みちびかれる。

私はこの文章をそらで唱えることが出来た。これは、私の育った施設の朝礼で合唱する文章だった。毎朝教室で日直の生徒が黒板の前に立ち、みんなを先導してこの文章を唱えた。日直の生徒がつかえると、どんなに後半の部分だったとしても最初からやり直しだった。私はよくつかえた。いらいらした女の子たちの視線を浴びながら黒板の前に立ち続けるのが苦しかった。つかえるのは私だけではなかったけれど、そういうときにはお互い様の精神は発揮されなかった。

電車は比較的空いており、私はドア脇にゆったりとしたスペースを確保することが出来た。反対側のドアの硝子部分には珈琲会社の小さな広告が貼り付けられていた。グラデーションがかった青を背景に、インスタント珈琲の瓶が印刷されている。眺めていたら、こどもの頃よく電車の中で同じようにこの会社の広告を眺めていたのを思い出した。もう少し大きな広告で、窓ではなくシートの上、ちょうど大人の人が座ったときに頭の少し上のところに下辺がくる位置にある広告。四辺をアルミのフレームが囲んでいて、母はよくこのフレームに髪の毛が挟まり抜けてしまうと文句を言っていた。

私は母の胸に頭をもたせかけ、シートの下の暖房にくるぶしを温められながらよくあの会社の広告を眺めていた。

奥の方に薪の燃えている暖炉があって、ソファーには寄り添う男女の顎から下。女の人は暖かそうな膝掛けで脚を包んでいて、ふとももにはすやすやと眠る女の子の頭が乗せられている。一番手前、テーブルの上にはソーサーが二つと、湯気の立つ珈琲が一つ。カップのもう一つは男の人が手に持っている。窓の外は見えないけれど暗闇で寒々しく、部屋の暖かさが強調されているようだった。

私は母の柔らかさと温められたくるぶしに段々とうとうとしてくる。髪が垂れてきて鼻の辺りがくすぐったいけれども気怠くてそのままにしていて、だけどやっぱりくすぐったいから母に気がついて欲しい。母はなかなか気がついてくれなくて、早く気がついて、と思っている間にどんどんまぶたが重くなってくる。頭ががくんがくんと何度か揺れて、記憶が曖昧になってゆく。

がくり、となって肩をポールにぶつけてしまった。思っていたよりずっと大きな音がした。近くにいた人たちが驚いて一瞬私の顔を見るけどすぐに興味を失って思いおもいの方角に視線を戻す。

私は急いでプラットフォームに降りた。ちょうど窓越しに西陽門が見えた。今日もたくさんの人たちがあの門の下を通って中華街に向かうのだと私は思った。食事をのせる部分が回るようになっている円卓を囲んでの賑々しい食事。天井からの多彩な光源にきらきら光った炒め物や北京ダック。とろりとしたスープ、湯気の立った蒸し物に舌鼓を打ちながらの楽しい会話。

母子手帳を落とした家族も、たまには中華街に来たりするのだろうか。日々の仕事の話やこどもの成長について朗らかに語り合いながら、二ヶ月後に迫った家族旅行の計画について話し合ったりするのだろうか。

私も一度だけ、中華街で食事をしたことがあった。一緒に施設を出た女の子たちと集まって食事をしたのだ。初任給が出たらみんなで集まっていろいろ報告をし合おうと計画した。施設を出て働き始めた次の月の給料日後の土曜日ということに決めたけど、みんな最初の給料が面接の時に聞かされていた額に全然届かないことなんて知らなかった。月初めから働けばちゃんと給料が出ると思っていたのに、給料の計算が二十日締めだったり十五日締めだったりして、前の月から働いていないと約束通りのお金をもらえないなんて誰も知らなかった。私たちは憤慨したけど、だからといってどうすることも出来ず、口座に振り込まれた金額に心細くなって結局そのまた次の月の給料日後の土曜日に集まることにした。

私たちは今までいろいろな場面において初任給で両親にプレゼントを贈った人たちのはなしを耳にしていて、プレゼントを贈る相手のいない私たちは代わりに食事をすることくらい当たり前に出来ると思っていたのでこの事件には困惑させられた。だからもし私が母親役として女の子たちの前で何か話さなければならなくなったら、初任給で思っていたとおりの金額が振り込まれるとは限らないのだということを伝えたいと思った。

結局私たちは思っていた通りの金額をもらったときには一ヶ月でどれだけお金がなくなっていくのかその怖さを知ってしまっていたので、値段の安い食べ放題のお店に集まることに決めた。

初めて食べる本格的な中華料理はとても美味しかったけれど、会話は全然弾まなかった。最初みんな口々に自分がどういう仕事をしているかとか、どういう食事をしているかといった話をしたものの、一時間もすればみんな喋ることは何もなくなっていた。あんなにずっと一緒に暮らして毎日のように将来のことを喋り続けていたのに、それが現実になって初めて二ヶ月離ればなれで暮らしただけでもう私たちにはお互いに話をすることなどなくなってしまったのだと知ってとても驚いた。

それから私はほとんど施設の子たちと会うことがなくなった。たまに駅なんかでばったり顔を合わせることはあっても、挨拶を交わしたあとにはどうも気詰まりになってすぐそれぞれの向かう先に分かれた。

川沿いの道はなんだか湿ったような感じで、歩くとスニーカーのゴム底が微妙に粘り気をもっている気がした。川沿いにはたくさんの商店が軒を連ねていた。イタリアンレストラン、輸入雑貨店にコーヒーショップ、それに古いブティック……そのどれもがもう灯りをおとすか、店仕舞いの準備をしていた。

暗くなった花屋のショーウィンドウにはたくさんの赤い花がディスプレイされていて、自動ドアには母の日のポスターが貼られていた。

母の日に感謝を込めて、赤いカーネーションを

しっかり描き込まれているように見えたカーネーションの絵も、近づいてみるとかなり大雑把なもので、花びらもうねうねとした鉛筆の線の上に、さっと赤が塗られているだけのように見えた。ポスターの記載によれば母の日は明後日の日曜日だった。私はハッとした。

そうだ、母子手帳は母の日に返そう。うまれて初めて母の日に、その人が母親であると知った上で意味のあることができるのだ。私はこれがとてもいい考えであるように思えた。そして、絶対にそうしようと思った。

とは言え、母親にとっては母子手帳の紛失は一大事のはずで、いまも気が気でないはずだった。子供にとっても自分の母子手帳が失われた状態は良くないだろう。だから私は、母子手帳を拾ったことをクリニックに電話で伝え、仕事でどうしても届けに行けないので日曜日に持って行きますと伝えることにした。そして、母親にも母子手帳は無事なのでどうか心配しないようにと伝えてもらおうと思った。

私はその場でクリニックに電話を掛けてみたけれど、受付時間外である旨を伝える冷たい音声が再生されるだけでどこにもつながらなかった。だけどそんなことは全然私の気分

を台無しにはしなかった。私はただ、自分が思いついたアイデアが気に入っていた。

母親も、気を揉んでいた母子手帳が母の日に手元に戻ってきたのなら、それはそれは特別な感じがするだろうと思ってわくわくした。なにせ母の日は母親が自分が母であることを喜ぶための一日なのだ。

アパートの冷蔵庫の中には鶏のささみ肉が一本とタマネギ一つが残っていたのでどちらも乱切りにして電子レンジで蒸し料理にするとポン酢をふりかけてがつがつと食べた。なんだか初めて自分が意味のある存在になれたような気持ちがして、その日は母の夢も見ずにぐっすりと朝まで眠ることが出来た。

朝起きると、喉が強く痛んでいることに気がついた。ひどい歯ぎしりで医者に勧められて作ったマウスピースをはめずに眠ってしまったからだった。本当ははめたかったけれど二年使っていたものを一昨日の夜に噛みちぎってしまって、次の給料日まで買うことが出来なかった。

私は歯を磨くとタンスから薬用ののど飴をとって舐めた。のど飴はレモンの味で、舌の上で転がす度に頬の内側、奥の方から唾液が滲み出してくるのが分かった。昔から喉を痛めるとそこから熱を出し何日も寝込んでしまうことがよくあったので、お金があまりないときにも薬用ののど飴だけは切らさないように気をつけていた。

カーテンの隙間から床に光が射し込んでいた。光は強烈な白で、暑くなりそうだと私は思った。電話を掛けるにはまだ早い時間だったので、お湯を沸かして麦茶を入れた。沸騰したお湯にパックを入れたときの焦げたような匂いが好きだった。

施設にいたときにも麦茶だけはいつでも好きなだけ飲むことが出来たけど、それがあまりにも薄く作られていたことを私は高校生になるまで知らなかった。アルバイトをするようになってはじめてペットボトルの麦茶を飲んでびっくりしたことを覚えている。最初私はペットボトルのお茶だからそうなのかと思っていたけど、アルバイト先の子におそるおそる聞いてみたら全然そんなことはなく、むしろ薄いぐらいなのだと教えられ衝撃を受けた。

一人で暮らすようになってからも麦茶を飲み続けたけれど、少し濃いめに作るようにしていた。濃く作れば砂糖やポーションミルクを入れるなどしていろいろなバリエーションを楽しむことも出来たし、安くたくさん手に入ったときにはレモンの輪切りを浮かべてストローを使って飲むことも出来た。

できたての麦茶を氷のたくさん入ったコップで飲みながら窓を開け、ベランダに出た。ベランダは洗濯物を干すためのものなので本当に小さくて、柵にもたれかかるようにして立ってもお尻が網戸に押しつけられるかたちになるけれど風の通り道にもなっていて気持ちがよかった。

陽射しは強く、柔らかな風が吹くと青々とした草の匂いがした。時折鼻腔をくすぐる葡萄っぽい匂いがどの植物からくるものなのか知らなかったけれど、私はこの匂いが好きだった。冷蔵庫から出したばかりの葡萄ではなくて、食べ終わったあとお皿の端の方に積み上げられた皮の、少しあたためられた匂い。

気付くと私が手を掛けているすぐそばの手すりのところでカナブンが休んでいた。また風が吹いて光の角度が変わり、カナブンの背中が玉虫色に輝いた。麦茶が通過した喉がひりりと痛んだ。

目を開けて外の景色を眺めているのに瞼の裏に室内の光景がよぎってぎょっとした。ちゃぶ台の上のお皿には食べ終わった葡萄が横たわり、私はべたついた手でハリネズミの置物を玩んでいた。手の上でいろいろな角度に転がし、いちばんきれいに光が反射する位置を探した。クリスタルはきらきら光り、光の方向によって青や赤、黄色っぽく輝いた。私は身体が気怠くて、頬の辺りが熱を持っているのを感じながらいつまでもハリネズミの置物を触っている。私はたぶん、母を待っている。風邪をひいた身体に葡萄が美味しくて、本当は母の分も残しておかなければならないのに全部食べてしまって、怒られるかもしれないけど、でも恋しくて、布団に戻らずにただ母が帰ってきてくれるのを待ち続けている。

これは記憶だろうか？　これが記憶なのだとしたら、思い出したのは初めてだった。それとも私の体感が私の願望と混ざって生み出した妄想だろうか。私はいま瞼の裏側によぎった光景をひたすら再現するよう努め、そこから何か別の思い出に繋がってはいかないかと注意深く検討した。かなり頑張ってみたけれど、人前に出たときの気の利いた言葉みたいにもう少し、あと少しで出てきそうなのに喉元につかえてなかなかかたちにならなかった。

クリスタルのハリネズミ。まるっこくて小さくて、触るといつもひんやりしていて針の部分は結構鋭くなっていた。重心は低く、しっかりと安定しているはずなのに私が風邪を引くと決まって倒れていた。

あのハリネズミの置物は、今どこにあるのだろう。母と同じようにどこかへ消えていってしまっただろうか。

首筋を汗が這うのを感じた。背中が濡れてシャツが張り付き、氷はもうほとんど溶けてしまっていた。私は部屋に戻ることにした。

もう電話を掛けてもいい時間だったので母子手帳を開き、いずみこどもクリニックの電話番号を確認した。

電話に出たのはあたたかみのある中年の女の人の声で、緊張を少しほぐすことが出来た。

「あの、こんにちは。母子手帳を拾ったんですけど、六ヶ月健診の署名がそちらの先生だったので、お届けすればお母さんと赤ちゃんのところに戻るかなと思って電話をしました」

電話の向こうで、あらっ、と言う声が聞こえた。

「それはありがとうございます。手帳にお名前は書いてございますか」

「松島糸と書いてあります。平成三十年十一月三日、女の子です。お母さんのお名前は、松島ひかるさん」

女の人は、少々お待ちください、と言って受話器から遠ざかった。パチパチとキーボードを叩く音が続き、少しするとまた戻ってきた。声が先ほどよりも少し明るかった。

「はい、こちらの患者さんでお間違いありません。本当にありがとうございます。いつ頃持ってきていただけますか」

「明日は何時に開きますか」

「朝の八時半から受付け開始になります」

「では、八時半に伺います。あの、手帳のお母さんにも伝えていただけますか。明日の八時半に持って行くと」

「はい、そのようにお電話しておきますね」

電話を切ると部屋は蒸していて背中がぐっしょりと濡れていた。話しているときには気にならなかったのに、喉がじんわりと痛んだ。

　私は服を脱ぎ、台所に行ってタオルを水に浸すと軽く絞って身体を拭いた。水もそんなに冷たくはなかったけれどシャワーを浴びるほどでもなかったし、何もしないよりはずいぶんましだった。

　電車は空いていて、私はシートに腰を下ろした。冷房が効いていていつまでも座っていたかったし、実際そうしてもよかった。一駅分でも定期券を持っているので終点までいってから戻る電車に乗ってまた反対側の終点までいって戻ってきてもお金は全然かからない。ただ私は電車の中で本を読むとすぐにひどく酔ってしまうので、何もせずただぼんやりと座っていなければならなかった。結局関内駅で下車し、中小企業センタービルに向かった。

　ビルの中は冷房がよく効いていた。五階の事務所の鍵を開け、珈琲メーカーのスイッチを入れると廊下に戻って涼んだ。廊下にはひとけがなく、突き当たり一面の窓が採る白っぽい光が蛍光灯の光と混ざって清潔な感じがした。陽射しはここからは見えない雲の動きに影響されて弱まったり強まったりとゆっくり繰り返し、その度に蛍光灯の白が濃くなったり薄くなったりしているような錯覚を私に起こして遠近感を狂わせた。

　私は複雑な濃淡の移ろいを見つめながら、私が忘れている記憶に由来する何かが私の胸に去来するのを待ってみたけど、そんなものは全然訪れなかった。ただ、いつだって何かが私という人間のどこかに作用する可能性があるのだという予感だけが残った。

ブザーが鳴ったので事務所に入り、サーバーに落ちきった珈琲を水筒に移し替えるとロビー階に戻った。ビルに初めて訪れたときに履歴書を書くのに使った休憩スペースで珈琲を飲みながらゆっくり読書をするのが週末のお気に入りだった。

先客が一人だけおり、一番奥の席でスマートフォンを両手で包み込むようにして持っていた。スーツを着た男の人で、真剣なまなざしを画面に注いではロの中で何か呟いていた。

私も腰を下ろし、水筒の蓋を開けて本を開いてみたもののなかなか集中できなかった。週末の休憩スペースに誰か他の人がいるのを見るのは初めてのことで集中力が削がれてしまった。しばらくは字面を目で追ってみたもののやはり頭に入ってこず、仕方がないのでぼんやりと男の人がしていることを眺めた。

男の人はスマートフォンの画面を注視すると目を閉じ、若干顎を上げてごく小さな声でしばらくの間喋り続けた。目を開けて私が自分を見ていることに気付くとびっくりしたようだった。

「これから面接があるんです」

男の人はそう言うと恥ずかしそうに笑った。私は、そうですか、と答え、それから何と言うのがいいのか分からず黙った。男の人はするっとした顔立ちで、どこか私にカモシカを思い起こさせた。

「日本大通り駅の上にライブラリーがあるでしょう。あそこの職員に応募していて、今日が最終面接なんです」

私はライブラリーの存在を知らず、だからそれが何のライブラリーであるか分からなかった。男の人の雰囲気から何か動物に関するライブラリーではないだろうかと思った。機械に関するライブラリーに勤める人には見えなかった。そもそも私はライブラリーというものが厳密にどのようなものであるのかを知らなかった。だから私はただ、頑張ってくださいい、と言うにとどめた。

「休憩中ですか」

「いえ、休日です。このビルにオフィスがあって」

「どんなお仕事か伺ってもよろしいですか」

「あの、水の」

「水。水道ですか」

「いえ、水質とか、研究の」

男の人は、研究職ですか、大変なお仕事ですね、と言って感心するように私を見つめた。

どうして水の研究なんて言葉が出てきたのか自分でもわからなかった。私は会釈すると本に目を落とし集中しているふりをした。睫毛の隙間から男の人がスマートフォンに意識を戻すのが見えた。男の人はしばらくすると会釈だけ残して休憩スペースから出て行った。

しばらく頑張ってみたけれど全然集中できず、諦めて本を閉じることにした。水筒の中の珈琲はまだたっぷり残っていてとても飲みきれない量だった。

ビルを出ると陽射しが強く、日陰を選んで歩いた。馬車道を歩いて大通りに出ると歩道を右手に直進した。高い建物が左右に建っているので歩きやすかった。県庁を過ぎて日本大通り駅に入ると、ビルに入っているのは映像ライブラリーであることが分かった。これまでにテレビ放送されたありとあらゆる番組が無料で視聴できると説明書きがあった。私はテレビを持っておらず、好き放題にテレビ番組を見続けられる場所があるなんて驚きだった。ライブラリーは広々としており、ブースで簡単に仕切られた机の上にそれぞれパソコンのモニターが設置されていて、そこで映像を見ることが出来るようだった。それなりにいる客の年齢層は高めでみんなヘッドフォンをして静かに座っていた。

受付で登録を済ませて私も席に着き、操作用の説明書きに従って視聴を始めた。飲食は禁止されていたので水筒の珈琲を飲むことは出来なかったけれど冷房が効いて快適だった。

ドラマやイベントの特集も観たけれど、印象に残っているのは屋台のラーメン屋を営んでいる男の人のドキュメンタリーだった。やくざから抜けて男手一つで娘を育てているその人は毎日駅前のロータリーに位置取ってラーメンを作った。私は本格的なラーメン屋さんに入ったことがなかったけれど、もうもうと立つ湯気に甘い匂いを感じ、ラーメンが食べたくてしかたなくなった。具材はすべて別々のタッパーに用意していて、麺がゆだると手際よく具をどんぶりに並べていく。すべての具材にそれぞれ専用の箸を使い、絶対に他の具材で使った箸を別の具材を摑むのに使わなかった。終電が終わると店仕舞いをして屋台のトラックで家に帰る。高校生の娘はもう寝ている。テレビをつけて小さい音で録り貯めたドキュメンタリー番組を観ながらお金が運ばれてくるのを待つ。周辺の屋台の元締めもやっていて、それぞれの屋台の店主がその日の売り上げを持ってきて何割か渡しては帰って行く。集金が済むともう朝で、朝食を作り、娘を起こす。一緒にご飯を食べて学校へ送り出すと眠りにつく。奥さんはずっと前に出て行ってしまったけれど、娘を置いていってくれたので救われたと布団の上にあぐらをかいて男の人は言った。娘がいなければずっと昔のままの生活、昔のままの生き方だった。いまでは特別仲がいいわけではないけれど必要な会話はするし、必要でない会話もたまにはする。たまに友達を連れてラーメンを食べに来てくれることがあり、そういうときの娘はいつも家で接するときより素っ気ないのだと笑って横になった。

私には父親の記憶がなく、母子手帳にも父親の名前がない。だけど、この娘の生活はもしかしたら私が生きたかもしれない生活なのだと私は思った。一九九六年に制作されたドキュメンタリーだった。高校生だった娘も今ではもう私よりずっと大人になっている。屋台の出る駅の名前を調べてみると東京の西の外れの方にある駅だった。いまでもまだそこにいるだろうか。

もしも会えたらなんて言おう。二十年以上前に放送されたドキュメンタリーを見たんです。いまでもお箸を使い分けていますか。あの、私もしかしたら、私があなたの娘さんでもおかしくはなかったんだって、そんなふうに思うんです。何かに対してそんなふうに感じたこと、ありませんか。

見ず知らずの女から突然こんな事を言われたらとても驚くだろう。私はそんな想像をするだけで何かから守られている気分を味わうことが出来た。

翌朝、八時十分にはいずみこどもクリニックの前に着いてしまっていた。五階建ての細長いビルで、クリニックは三階に入っていた。まだ少し涼しかったので、斜向かいの調剤薬局の前にあるベンチに腰掛けて水筒の麦茶を飲みながら時間になるのを待つことにした。麦茶を飲む度喉が少し痛んだ。

二度と見ることが出来なくなるので、もう一度松島糸の母子手帳を開いてゆっくり時間を掛け読み返した。

児童は、人として尊ばれる。
児童は、社会の一員として重んぜられる。
児童は、よい環境のなかで育てられる。

1．すべての児童は、心身ともに、健やかにうまれ、育てられ、その生活を保障される。
2．すべての児童は、家庭で、正しい愛情と知識と技術をもって育てられ、家庭に恵まれない児童には、これにかわる環境が与えられる……

平成三十年十一月三日午前四時二十一分娩出、頭位による自然分娩、単胎、体重二千九百十三グラム、身長四十七・六センチメートル、胸囲三十二センチメートル、頭囲三十三・四センチメートル。六ヶ月児健康診査、令和元年五月七日実施日、体重六千九百七十グラム、身長六十四センチ、栄養状態良、栄養法混合、離乳開始、歯二本、口の中の疾患や異常なし、健康、カウプ指数十七、特記事項に順調の表記。

母親はどんな人だろうと私は思った。私がそういうふうに歩んでいたとしてもおかしくはないもう一つの人生を送ってきた、私と同じ名前、同じ生年月日の人。

八時二十八分になっていた。私はベンチから立ち上がり、エレベータに乗り込んだ。いずみこどもクリニックはクリーム色のカーペット、白い壁、赤や青いドアの清潔なクリニックだった。弧を描いた受付のカウンターにはおそろいのエプロンをしたスタッフが三人並んで、みんな優しそうな笑顔で立っていた。待合スペースにはもう四、五組の親子が診療を待っていた。母の日だというのに母親はみんな疲れた顔をしていた。辛そうに母親にしがみついていたり、おもちゃスペースで遊んでいたりと子供はみな思い思いに過ごしていたけれど、生まれて六ヶ月の子供というのがどの程度の様子なのか分からず、松島糸に見当をつけるのは難しかった。

「昨日電話をしました。母子手帳を拾って」

声を掛ける相手を間違えたらしく、女の人は虚を突かれたような顔をした。いちばん離れたところに立っていた四十代くらいの女の人が母子手帳を受け取ると、ありがとうございます、と言った。私が電話で話した人だった。胸に小さなプレートをつけていて、中谷友詠と書いてあった。

「あの、もう来られていますか」

まだ来ていないようだった。

「八時半に届けに行くと、お伝えいただきましたよね」

「もちろんお伝えしました。もうすぐいらっしゃるでしょう。小さいお子さんが一緒だと、なかなか思い通りに行動できませんからね」

私はお礼を言ってクリニックをあとにした。通りはさっきよりもずっと暑くなっており、もうベンチに座っているのは無理だった。薬局とは反対の斜向いのハンバーガーショップでオレンジジュースのSサイズを注文し、二階の窓に面するカウンター席に腰掛けた。陽射しを直接浴びることになるので、私以外にカウンター席を使っている人がおらずのびのびとすることができたし、店内はきんきんに冷えていたのでちょうどよかった。

窓からは通りがよく見渡せた。ここで待っていれば松島糸と松島ひかるがクリニックに入ってゆくのを見逃さないで済みそうだった。二人の顔を私は知らないけれど、入って数分で出てくるようなことがあればそれが二人である可能性が高いと思った。

二人はどんな顔をしているだろう。私と同じ名前、同じ生年月日の松島ひかるは、まさか顔まで私とそっくりなんてことがあるだろうか。もしかしたら糸の方に私の面影があるかもしれない。それとも私の母親の面影が。隔世遺伝というものがあるのだと聞いたことがある。そういえばラーメンのドキュメンタリーに登場した父親と娘はあまり顔が似ていなかった。あの娘の母親はどんな顔をしていたのだろう。娘にその面影はあったのだろうか。私は私の母と、顔が似ているのだろうか。母について思い出そうとするとき、優しそうな笑顔の雰囲気を思い出すことが出来るのに、肝心の顔はいつもはっきりと思い出すことが出来ない。あたたかい光に阻まれて、もしくは母の後方にある窓から射す強烈なオレンジ色の光の逆光で、母の目を見つめ返し私の面影を探すことが出来ない。カーテンは開け放たれていて、風を孕んで膨らんだり縮んだりしていて海の中で揺れる海藻のような印象を私は持つ。

松島糸と松島ひかるは全然やって来なかった。ずっと窓辺に座って通りを見張っていたのだから見落としているはずがなかった。とうとうクリニックの受付時刻が終了し、やがて診察時間そのものが過ぎてしまった。

私は愕然と通りを見つめ続けた。中谷友詠というあの受付の女の人は、本当に母子手帳のことを松島ひかるに伝えたのだろうか？　でも、伝えない理由がなかった。母子の健康を記録する大切な手帳であるだけでなく、自分の職務に関わる落とし物を届けられて黙っているなんて普通ではない。であれば、松島ひかるは母子手帳をただ取りに来なかったということで、たとえば糸が風邪をひいて外出できないとか、自分が体調を崩しているとか、もしくは母の日のお祝いで食事に出かけているとか色々な可能性が考えられた。私は諦めてハンバーガーショップを後にした。

歩きながら、ずっとハンバーガーショップにいたのに私は今日なにも食べていないことに気がついた。ずっと集中していたせいか不思議とあまりお腹は空いておらず、ただ少し喉が痛く、冷房の下にずっといたせいか身体が少し重だるかった。ビタミンが足りていないのかもしれない。スーパーマーケットで納豆と卵、袋入りのオレンジを買って帰り、栄養が行き渡るようになるべくゆっくり咬んで食べた。

　母になったら私も母の日にはどこか美味しいところで食事をしたりするのだろうか。一年に一度、特別なものを食べるとしたら何を食べるのがいいだろう。松島ひかるが楽しそうに食事をする様子を想像するのは楽しかった。松島ひかるは、どのような幼少期を過ごしたのだろう。私と同じ日に生まれ、同じ名前を持った、全然違う人生を歩んでいる、私がそうだったかもしれないもう一つの人生。松島ひかるも明け方の、もう一度眠りにつくには危険な時間帯、透明なすみれ色がかった薄明かりの中で目を覚ましてしまうことがよくあるだろうか。私は薄ぼんやりとした膜のようなものに包まれて、幼少期の混沌とした記憶の中を彷徨う。水中に沈んでゆくガラス玉を波打つ水面越しに探すように、水面の滑らかな高低の移り変わりとランプの光の反射によって見えたり見失ったりを永遠に繰り返すように、そしてそうしているうちにもう手の届かない深いところまでガラス玉が沈んでしまうように、そんなふうにして私は母の記憶に目をこらさずにはいられなくなる。私はそんなとき、部屋を出て街をうろつく。私をどこまでも執拗に尾け回す古い記憶を巻くように、出鱈目に角を曲がり、トンネルをくぐって道を下り、川沿いを歩いたと思えば橋を渡って歩いてきた方向に引き返す。

そういうとき、心の拠り所になるのがパン屋だった。朝食を届けるために、まだ暗いうちから店に灯りをつけて仕込みを始め、パンを焼く。いつまでも動揺する私の胸を落ち着かせるのはいつもパン屋の灯りだった。まだ明るくなくて、辺りの商店や民家の窓からは一つも灯りが漏れていない中で輝く店内からはバターの焼けた匂いが漂い、覗き込めばせっせと仕事をする職人の姿を認めることが出来る。

私は、パン屋で働いたら幸せになれるのではないかと本気で考えたことがある。そうすれば高い確率で現れる、明け方の不安と混乱をせっせと働くことで有耶無耶にすることが出来るかもしれない。だけどパン屋の求人の張り紙によれば販売員の仕事は六時半からで、職人のように四時頃から仕事をすることは出来なかった。私は料理があまり得意ではなく、それに手がとても冷たい。平熱は三十六度一分だけど、昔からずっと手がひんやりとしていた。熱を出して保健室で休ませてもらっていたとき、枕元で手を握ってくれた保健医の先生も驚いて、あら、と声を漏らした。

「濡れタオルがなくても、自分の手を頭にのせていれば大丈夫ね」

「ちいさいときからずっと手が冷たいんです。幽霊みたいに」

「誰に言われたの」

「忘れました。でも、本当に冷たいんです」

「美容師なんていいんじゃない。美容室でね、たまに手の冷たい人に当たるの。髪を切ってもらうとき、手が顔や耳に触れることがあるでしょう。そうすると本当に気持ちがいいのよ」

「専門的な勉強が何年か必要ですか。学校に通う必要があるんでしょうか」

先生は、私の手を握りながら、そうね、と呟くと、それきり黙った。誰も喋らない保健室は本当に静かで、教室や体育館のざわめきが聞こえてくるようだった。私はあとどれくらいこんなふうにしているのだろうと思いを巡らせた。喉が痛み、身体全体が熱を放って布団にこもり背中に汗をかき始めていた。

視線をやると、先生と目が合った。考え込むような気配をたたえた目でしばらく私を見つめ返すと、パン職人には向かないわね。と、言った。

「パン生地をこねるときにね、手が冷たいとイースト菌がだめになってしまうのよ」

「わかりました、先生」

本当は何にでもなれるって言ってあげたいんだけど、と言いながら先生は私の手を優しくさすり続けてくれた。私は、自分がパン職人になることはきっとないだろうと思った。先生の手はふっくらとしていて心地よく、瞼が重くなってそのうち私は眠りについた。

パン屋は売り場とキッチンがひとつなぎになっていて、間を焼いたパンを冷ますための棚で仕切って人一人が通れるくらいになっていた。棚はステンレス製だった。売り場に面した壁が硝子張りになっていて、通りからもキッチンの中の様子を部分的に眺めることが出来た。売り場にはまだ一つもパンが置かれていなかった。キッチンの方にだけ灯りがついているので、職人の様子を楽に眺めることが出来た。

とても痩せた、背の高い坊主頭の男の人で、手は骨張って、手首から肘にかけての筋肉がとても発達しており首よりも太いように見えた。まなざしは遠目にも真剣で、一生懸命仕事をしているようだったが何をしているのかはよく分からなかった。誰にも見られていないはずなのにきびきびと動き、一時も静止することがなかった。この人が怠けるなんてことはあるのだろうかと私は思った。

まだ夜も十分に明けていないこんな時間から脇目も振らずにせっせと働き、誰かの朝食に間に合うようにパンを焼く。それを毎日続ける。この人は何のためにこんなにまじめに働き続けるのだろう。結婚して子供がいたりするのだろうか。一度もこの店でパンを買ったことがなかったので、私のためではないことは確かだった。

だけど私もこうしてこのパン屋のことを知っていて、明け方、どうしようもなくなるとふらりと助けを求めにやってくる。歩いてこられる場所にあるのだから、パンをいつ買ってもおかしくはない。だから私のためであったとしても、それはぜんぜんおかしいことではないのだ。

売り場の方に目をやると、商品名と値段が書かれた紙が均等に並んでいた。どのようなパンであるのか想像し辛い名前が並ぶ中、一枚の値札が目にとまった。

バゲット　百八十円

バゲットというのは、フランスパンのことだろうか。だとしたらあんなに大きなものがたったの百八十円で買えるのはすごいと思った。フランスパンなら一本で三日は食べ続けることが出来るし、百八十円なら本当に大変なとき以外いつでも買うことが出来る。そう考えると心が安らぐ思いがした。

開店まで待つにはまだ時間がかかりすぎ、痛む喉とバゲットはあまり相性がよくない気がしてしばらく職人の仕事を眺めると私は帰宅し、のど飴をひとつ舐めてからまたもう少しだけ眠ることにした。

起きて歯を磨いたあと鏡で見ると、喉の奥が赤くなっていた。どちらかというと右側よりも左側が腫れており、そこだけぷるんと質感が異なっているように見えた。これ以上腫れたら病院に行かなくてはならないかもしれない。そう思って手に取った財布の中身は六千六百円だった。

病院に行ったらどれくらいお金がかかるだろう。八百円くらいで済むだろうか。薬ももらわなくてはならないから、どうしたって合計で千五百円くらいにはなってしまう。そうしたら五千円で給料日までの二週間を過ごさなければならない。冷蔵庫にはほとんど食材が残っていないし、トイレットペーパーだってもうあまり在庫がない。私は泣きたくなった。

しょんぼりしながら昨日の残りのオレンジを食べると喉に鋭い痛みが走った。もっと悪くなったらではなく、もう今すぐに病院に行った方がいいかもしれなかった。財布の中身は不安だけど、私にもひと月に八千円ずつ貯めている貯金があった。今ではなんとか十万円に少し足りないくらいにはなっているはずだった。

突然引っ越しをしなければならなくなったり、今の仕事の契約が更新されなかった場合を考えればなるべく手をつけたくなかったけれど、何かあったときのために貯めているものだから、病院に行くために使うのならいいだろう。とにかく今は自分を元気づけなければならない。

松島ひかるなら、こんな時どんなふうに自分を励ますだろうかと私は考えた。だけどそんなふうに自分で自分を励まさなくても、彼女には励ましてくれる人がたくさんいるだろうか。娘も夫もいるのだから、きっと元気をもらえるだろう。両方いるかどうかは分からないにしても自分にも夫にも親がいて、何かあればあたたかく助けてくれるはずだ。松島ひかるは幸せなんだ、と私は思った。とくに子供の存在は親を勇気づけるとよく耳にするし、糸の存在はきっと松島ひかるをとても元気づけるだろう。

糸に会いたい、と私は思った。糸が笑いかけてくれれば、私もきっと元気になるはずだ。私も、私の母を元気づけることのできる存在だったのだろうか。そうなら嬉しかった。でも、もし私が母を元気づける存在だったとしたら、母は私を手放すだろうか。人は、自分を元気づけてくれる存在を手放したくないと思うものなのではないだろうか。私なら、いつもそばにいてくれて私を元気づけてくれる人を絶対に手放したくない。

私の人生で、そういう人がいてくれたことはないけれど、もしそういう人がいたら私はその人にずっとそばにいてもらいたい。私にとってはそれが、曖昧ではあっても母との思い出。そしてなによりも母子手帳なのだと思った。

糸の手に母子手帳を戻してあげなくちゃ、そうすれば何かが起こってひかると離ればなれになったとしても、それが道標みたいになって、糸を励ましてくれるはずなんだ。子供にとって自分が存在していることを、自分には繋がりがあるんだってことをちゃんと証明してくれる存在があることが何よりも心の拠り所になるのだと私は知っている。

本当はそれが自分の家族であることが一番いいのだけれど、もしもそれがないのであれば、母子手帳だってじゅうぶん役に立つのだ。

私は編集長に電話を掛けて、喉がかなり痛むので今日は家で資料をまとめて原稿作成を進めます、と話した。編集長は、そうしなさい、と言った。

「それにしてもひどい声だね。熱が出てきたら、必ず病院に行くように。いいね」

わかりました、ありがとうございます。私は電話を切り、資料とノートをまとめてリュックサックに入れると部屋を出てハンバーガーショップの二階に陣取った。

結局、その日も松島ひかるは現れなかった。ノートよりも通りの方に集中していたため、思っていたよりも仕事ははかどらず、クリニックの診察時間が過ぎてもしばらく席を離れることが出来なかった。

オフィスの鍵は開いていて、編集長が顔を上げた。

「具合は大丈夫なの」

「はい、喉が痛むだけで熱はそんなに高くなさそうなので。今日はわがままを言ってしまってすみませんでした。記事がまとまったので、パソコンで打って帰ります」

編集長は、そう、とだけ言って手元に視線を戻した。何かの入稿前の見本チェックをしているようだった。

私はノートにまとめたものをキーボードで清書した。レイアウトに当てはめてみると足りないことが判明した二行分の文書を追加すると、印刷機にかけてできあがったものを編集長のところに持って行った。

「お願いします」

「口、開けてみて」

「なんですか」

「喉を見せて」

私が口を開けると、どうしてそんなものを持っているのか編集長は内科医が持っているようなペン型のライトで私の口内を照らして覗き込んだ。

編集長は額が私の鼻先に触れそうなほど身を乗り出して私の口の中をまじまじと眺めた。医者以外の人に自分の口の中をこんなに仔細に観察されるのは初めてのことだった。恥ずかしくなってすぐに口を閉じたかったけれど編集長のライトを咬んでしまうので我慢した。

これはひどいな、と言うと編集長はライトを私の口の中から引き抜き灯りを消した。唾を飲み込むと、激痛が走った。

「早く病院に行った方がいい。放っておいたらこれは高熱が出るよ。明日の朝、必ず病院に行くこと。いいね」

「はい。だけどそのあとは今日みたいに自宅で仕事をしても構いませんか」

「それは構わないけど、一度ゆっくり身体を休めた方がいいと思うよ」

「はい。それはもちろんそうだと思います」

「では一日か二日くらい休んだらどうかな」

私はしばらく迷ったあげく、でもあまり休むわけにはいかないんです、と言った。

「こんなことを編集長にお話しするのは大変失礼なことだとはわかっているのですが、」

私はただ喋ることで喉が強く痛むのでいったん言葉を句切りたかっただけだったけれど、編集長は私が言い淀んでいるのだと思ったようで、いいから話してみなさい、と優しい声で私に勇気を与えてくれた。

「健康保険の料金だけで一日分働いて稼ぐよりも高額なんです。二日休んだら、それではとんど一ヶ月分の食費を失うことになるんです。だから、そんなにたくさんお休みをいただくわけにはいきません」

編集長は明らかにショックを受けた様子だった。見開いた目でぼんやりと私を見つめ、しばらく完全に静止したあとゆっくりと肩を上下させた。私ははやくもこんな話をしてしまったことを後悔していた。編集長にはいつも感謝しているのに、こんなふうに惨めな事情を訴えて同情を誘うようなことをするべきじゃない。それに、編集長にそんなふうな目で見られるのは耐えられなかった。

「どうしても辛くなったらご迷惑をおかけする前に相談させていただきます。あの、パソコンを持ち帰って仕事をしても大丈夫でしょうか」

「それは大丈夫だが君のやつは持ち運ぶタイプのノートパソコンではないよ」

編集長は明らかに困惑していたものの、私が頷くと備品持ち出し申請用紙を渡してくれた。私は所定の記入事項を埋めるとお礼を言ってそれを返した。

パソコンは確かに大きかったけれど、なんとかぎりぎりでリュックに収めることが出来た。これで写真を撮ってもパソコンに保存することが出来るし、どこかでインターネットに接続すれば直接編集長に送って見てもらえる。帰宅途中、電車を降りた途端にぼんやりとしてきて、歩いているうちそれがどんどん強くなって、家に着くなりすぐに眠り込んでしまった。

夢の中で私は松島ひかるだった。糸と手を繋いで買い物に出かけているところだった。そんなに暑くないのに糸はとてもたくさん汗をかいていて、髪の毛がぺったりと頭に張り付いていた。きれいなかたちの頭で、思わず手のひらでなぞるように撫でると顔を上げてにっこりと何かを言った。何と言っているのかはわからなかったけれど、私は愛されているのだと思った。

私も糸を愛していた。糸は突然手を離すと、はじかれたように走り出した。肘から下だけを大きく振り、頭が左右に揺れて不器用そうな走り方だったけど、結構速かった。私は、糸はあんなふうに速く走れるようになったのだと胸が詰まった。糸はそのまま走り続け、ぐんぐん遠ざかって行った。

そんなに遠くに一人で行ってしまったら危ないよ、と私は言おうとしたけれど、実際言ったけれども、そんなことを言ったところで無駄だとわかっていた。手を引かれて見下ろすと、私と手を繋いでいた。小さい頃の、たぶん施設に入る前の私だった。私はこちらを見上げて何か言葉を発したけれど、やはり何と言っているのかわからなかった。知っているはずの言葉なのに、耳に綿が詰まったみたいだった。

子供の頃、蒲公英《たんぽぽ》の綿毛が耳に入ると耳が聞こえなくなってしまうから気をつけなさい、と注意されたことがあったけれど、あれは本当かしら。誰が私にそんなことを言ったのだったか。私に語りかける私の顔は光に滲んでよく見えない。私は私の大切な子供時代の顔さえも忘れてしまった。

息が苦しくて目が覚めた。喉が熱を持っていて、たぶん私自身も熱が出ていた。唾を飲み込もうとすると焼けるような痛みで口から溢れた涎を枕に垂らしてしまった。

身体を横向きにすると少し楽だったけれど、息をするのが苦しかった。苦労して起き上がり鏡で見ると昨日の朝見たときよりも喉が腫れていて、体温を測ると三十八度を超えていた。身体はぐっしょりと濡れていて目眩がした。喉がすごく渇いていたけれど、何かを飲む気にはとてもなれなかった。息を吸うのも痛く、喉に触れないように鼻で細かく呼吸をするよう心がけて気持ちを落ち着けた。時計を見ると、朝の七時半だった。

着替えてリュックサックを背負うと、八時からやっている駅前の内科医院に向かった。

喉の風邪だね、というのが医者の診断だった。

「三十九度近いけど、喉の腫れから始まっているからインフルエンザではないでしょう。炎症を抑える抗生物質と痛み止め、直接噴射するスプレー薬、解熱剤を処方するので水分をよくとって身体を休めてください。お薬は三日分出しますから、飲みきっても治らないのであればまた来てください。それではお大事に」

診察代金は千六十円だった。薬は千六百四十円で、いずみこどもクリニックの斜向かいの薬局で処方してもらった。ハンバーガーショップで注文したオレンジジュースで薬を飲んだ。スプレー薬はひりっとしたもののさわやかで心地よく、それだけでよくなるような感じがした。それに痛み止めの効果なのか、しばらくすると喉の痛みも和らいで、オレンジジュースを飲む度に身体を縮こまらせる必要がなくなった。

ノートパソコンを開いて大桟橋の資料をまとめていると、ベビーカーを押す女の人がいずみこどもクリニックが入居しているビルに入ってゆくのが見えた。その人はビルの自動ドアの前で立ち止まりなかなか入ろうとしなかったが、やがて突然歩き出してビルの中に姿を消したのだった。私にはそれが松島ひかるだとわかった。

私は急いでパソコンを閉じ、リュックにしまうとハンバーガーショップを出て薬局の前のベンチに腰掛けた。案の定、三分もしないうちに女の人はビルから出てきた。やっぱりこの人が松島ひかるだ、と私は思った。

肩掛けに使うようなバッグをベビーカーの取っ手の部分に取り付けたフックに掛けていた。その中に私が拾った母子手帳が入っているかどうか確かめることは出来なかったけれど、絶対に入っているはずだった。

広いつばの帽子をかぶっており、照りつける陽の光が顔に濃い影を作っていた。全体的にほっそりした人で白いTシャツに綿のズボン、履きやすそうなスニーカーを履いていた。ベビーカーは背もたれがぐっと倒されているため、糸の顔を見ることは出来なかった。

女の人は私から遠ざかるかたちで駅の方に向かって歩いていき、私はその後に続いた。歩く度に身体が若干左右に揺れ、その姿は夢の中で見た糸の走り方にそっくりだった。通りは石畳を模した舗装になっており、ベビーカーのタイヤが吸収する振動が伝わって、二の腕が細かくぷるぷると震えているのがはっきりと見えた。

通りの終わり、駅前のロータリーに出る直前になってその人は突然立ち止まるとこちらを振り返った。そのときにはもう五メートルと離れていない場所を私は歩いていて、彼女を追い越すその瞬間、ほんの一瞬、私たちの視線は完全に交錯した。薄い瞼の、化粧気のないさっぱりとした顔立ちの人だった。彼女の目は何も問いかけてこず、私を透かした後方の何かに気をとられているような雰囲気だった。横を通り過ぎるときにも私の方には一切注意を払っておらず、私は糸の顔を見ようと視線を落としたもののひさしに遮られて顔を見ることは出来なかった。顔の近くで小さな、あまりにふっくらとしているせいで粘土細工みたいに見える手がやわらかく握られ、揺れていた。

角を曲がったところにある本屋はまだ開店していなかったので次の角を曲がったところにある自動販売機の陰に立ち、松島ひかるが姿を現すのを待った。

彼女はなかなか現れなかった。そんなに気を引くものが向こうにあったのだろうか。私は気になって引き返し、角のところからいずみこどもクリニックのある通りを覗いた。松島ひかるはすでにそこにはおらず、向こう側の角を右方向に曲がるところだった。私は急いで後を追った。松島ひかるの歩き方はとてもゆっくりで、追いつかないように距離をとって歩くのが難しく、どうしても不自然な感じになった。

彼女は緩やかな坂を上ってゆき、途中で左に折れると住宅街を進んだ。このあたりに松島ひかると糸の住む家があるのかと思ったが結局たどり着いたのは根岸森林公園だった。

私は舗道を外れて雑木林に入り早足でモーガン広場に入ると、丘陵を利用して旧馬見所のベンチから見えない位置に腰を落ち着けた。頭がぼんやりとして、鼓動に胸が苦しかった。薬を飲んだけれど、まだだいぶ熱があるのかもしれない。大きく息を吸おうとすると喉が奇妙な音を立ててちりりと痛んだ。首を触るとかなり熱を持っていて、吐く息が熱くなっているのが自分でもわかった。何か飲んで冷やしたかったけれど何も持っていなかった。

しばらくすると、舗道から松島ひかるがモーガン広場に入ってきた。ゆっくりとした足取りは相変わらずで、うつむきがちに歩いているため顔全体が濃い影に覆われていた。私のいるところでは感じなかった風が吹いて、薄手のカーディガンがゆるくはためいた。ひらひらと揺れるカーディガンの裾との対比で松島ひかるの歩みは異様に遅い印象を与え、夢遊病者かそうでなければ重たい過去を脚に引き摺って彷徨い歩く幽霊みたいに見えた。

のろのろとした時間が過ぎ、やがてベンチにたどり着くと戸惑いがちな様子で腰掛け、ベビーカーを自分の正面に移動させたあとは完全に静止した。右手をベビーカーの取っ手に掛け、左手をベンチの座面にやったまま遠くの方を眺めており、そんな体勢なのに背筋はピンと伸び、姿勢のいい人なのだと私は思った。

バレエか何かをやっていたのだろうか。体軀だけでなく手足もほっそりとしていた。雲がゆっくりと流れるのに合わせて、親子の周囲は明るくなったり暗くなったりを繰り返し、光の加減以外に動くものがないので明滅する画面のスローモーションを眺めているようだった。

やがて糸の方に顔を向けると、ベビーカーの中に手を入れて何かを取った。ストロー付きのマグのようだった。松島ひかるは糸に何か言って飲み物を飲ませ、一度マグを糸の口から離すと、再び口元に持って行った。糸がマグの取っ手に手を伸ばすと彼女はそれに任せ、自分はバッグの中に手を入れた。

取り出したのは母子手帳だった。彼女は両手で手帳を持ってしばらく表紙を眺めると再びバッグにしまった。母子手帳を眺める表情はわからなかった。

ベビーカーの中でマグが揺れ、松島ひかるはそれをそっと引き抜き、タオルのようなもので糸の口を拭った。糸の顔もよく見えなかった。だけどなんとなく、私が想像している通りの顔つきであるような気がした。私は松島ひかるがどんな顔で糸を見つめているのかを知りたいと思った。私がどのように母に見つめられていたのか知りたかった。

私の記憶の中にある母はいつも優しげに私を見下ろし頭を撫でてくれていたけれど、肝心の表情を思い出すことが出来なかった。母はいつもどんな顔をして私を見つめてくれていたのだろう。最後に私を見つめたときの顔はどんなだったのか。最後に母に見つめられたときの私の表情は？

私が思い出すことのできる母は、ハリネズミの置物について私のお願いに耳を傾けてくれていた母、スチール製のフレームに髪が挟まるのを厭がり、頭を預けると柔らかな胸、いつも靄がかって判然としない姿だった。私は突然母との時間を失い、施設に預けられ、たくさん泣いただろうか。泣いたに決まっているのに、私には大泣きをした記憶がなかった。

辛くなってしくしく泣いたことは今までに何度もあったけれど、声を上げて泣いた記憶が私にはなかった。とても辛くて、忘れてしまわなければ生き続けることが出来ないほどの泣き方だったのだろうか。

子供の時の私はどうしても辛くて我慢が出来なくなったときには布団の中に潜り込み、目をぎゅっと瞑り、母子手帳に顔を押し当てて匂いをかいだ。湿っぽいような、埃っぽいような、少し甘い匂いが鼻の奥でつんとして、そうやって辛い時間をやり過ごすことでなんとか堪えることが出来た。

辛くても生きていかなければなりませんよ、と先生は私に何度も言い聞かせるみたいにして言った。だから私は、辛くても生きていかなければならないと思うようになった。だけど、こんなに辛いのに、何のために生きていかなければならないのかは教えてもらえなかった。

どうして生きていかなければならないんですか、と尋ねる私に先生は、とにかく生きることよ、と言って背中をごしごしとさすった。さすってもらった背中はとても温かくなったけれど、私は、どうせ生きてゆかなければならないのなら、そのための勇気を与えてくれる言葉が欲しかった。誰も私を勇気づけることはしてくれなかった。だけど私には母子手帳があったから、私には母がいて、最低でも二歳になるまではちゃんと愛された証拠があって、だから今こうして自分が生きているのだと思うことが出来た。

どうして母が私のことを手放さなければならなかったのかはわからないし、これについてもやはり誰も私に教えてはくれなかったけれど、少なくとも私には施設で育っただけではない、私の成長と記憶の大半を占めているそれとは別の人生が確かにあったのだ。

松島ひかるはどんなふうにして子供時代を過ごしたのだろう。困ったときにはちゃんと勇気づけてくれる家族がいただろうか。抱きしめて泣かせてくれる人がいただろうか。同じ名前を授かって同じ日に生まれ、同じ日数を生きてきた私たちは今同じ街にいて、片方には六ヶ月になる子供がおりもう片方は喉を腫らしている。片方はものごころつく前に預けられた施設で高校を卒業するまで血の繋がらない女の子たちと一緒に育ち、職を転々としてはいるもののなんとか自活することが出来ている。もう片方は？　母親や父親との思い出をたくさん抱えて大人になれたのだろうか。自分の育てられ方と自分の育て方を照らし合わせてみて困惑したり安心したりするのだろうか。

私が記憶しているのは複数の先生たちにしてもらったそれぞれの育て方や接し方で、だけど母子手帳があるから、もしも私が将来母親になったとしても、すくなくとも二歳まで私の記録と子供の記録とを照らし合わせてみることが出来ると思うと少し安心した。

顔を上げるとベンチに松島ひかるの姿はなく、モーガン広場の端の方を雑木林の舗道目指して歩いているところだった。

私は慌てて立ち上がった。すぐに追いつけると思ったけれど、今度はなかなか距離が縮まらず、私は駆けることにした。芝生の下の土は不規則で走りづらく、体温がぐんぐん上がってゆくのを感じた。

出口の門の前の広場の辺りでやっとだいぶ追いつくことが出来た。松島ひかるは自動販売機の前に立っていた。私との距離があと二十メートルほどというところでバッグに手を入れると取りだしたものを素早く自動販売機の横に設置されたゴミ箱に捨て、足早にその場を離れた。

私はびっくりしてゴミ箱に駆け寄り、手を突っ込んで糸の母子手帳を取り上げた。門を出たところで松島ひかるが私を見て立ち尽くしていた。

私は息を整えようとその場で何度か深呼吸を試みたけれど喉が塞がって上手に出来ず、呼吸も鼓動もぜんぜん整わなかった。その間も松島ひかるは呆然と私を見つめ続けていた。

私が歩き出した途端、彼女は逃げ出してしまうだろうかと不安になった。でもそんなことにはならなかった。彼女はただ立ち尽くして私の到着を待っていた。何か失敗をしたときにそれを咎めるためにやってくる先生を待っているときに私がよくしていたような、肩を若干すぼめ、顎を引いた姿勢だった。緊張のために両手親指の根元辺りに力が入ると、そういう姿勢になるのだった。

あの。これ、と言って私は松島ひかるに母子手帳を差し出した。松島ひかるは身体が硬直しているみたいに動かなかった。

「とても大事なものだから。あの、そうですよね」

松島ひかるはおそるおそる私の手から母子手帳を受け取ると、どう扱ったらいいのかわからないものを手にしてしまったときのように不安そうなまなざしを注いだ。やがてバッグにしまうと私に向き直り、困ったような表情で私を見つめた。でも、不安そうだったり困っていそうだと思ったのは眉尻の少し下がった松島ひかるのそもそもの顔つきが原因なだけで、彼女は不安でも困ってもいないのかもしれないと思った。

化粧気のない肌はどちらかと言うと小麦色、結膜と角膜の白黒のコントラストは鮮やかで十分に水分を含み、若干つんと上向きの鼻の印象も手伝って私よりいくらか年下のように見えた。

「拾ってくださりどうもありがとうございました」

松島ひかるの声は予想に反してハスキーで、やや低めだった。

「どうして棄てたんですか」

どうして……と呟いた彼女の声はかすれていて、目はなんとなくうつろな感じがした。

「ちゃんと、大事にとっておいてください。この子のためにも」

私は糸の顔が見たかったが、今度もひさしに邪魔された。松島ひかるも糸に視線を落としており、そこからだってひさしで見えないはずなのにまじまじと見つめており、たとえひさしがあっても子供の顔は見えるのだと私は思った。

「この子のため……どうして……」

「母子手帳があれば、自分がちゃんと産まれてきたんだってわかるし、定期健診の記録を見れば、自分はちゃんとお母さんに健診に連れてきてもらえたんだってわかります。それで安心できるんです」

私がそこまで言うとやっと松島ひかるは顔を上げ、もの問いた気な瞳で私の目を見つめた。私はそのまっすぐな視線にまごついて視線を逸らし、あなたにもそういう瞬間があったんじゃないですか、と尋ねた。

「いいえ、私は自分が子供の頃の母子手帳を持っていないので」

「持っていない？　どうして」

「さぁ。ただないんです。一度も見たことがないし、この子が産まれたときに母にあるか尋ねたら、ないと言っていました」

「どうしてないんですか」

「なくしたと言っていました。私が小さな頃に」

私は愕然とし、それであなたは大丈夫だったんですか、と尋ねた。ショックを受けませんでしたか。

「はい。とくには。そういうこともあるとは思いますし、それに、今では母の気持ちも少しわかります」

私から視線を糸に移すと松島ひかるは、母子手帳なら棄てられますから、と言った。それからかたちばかりの会釈を寄越すと、さっさと公園から出て行ってしまった。

私は一人取り残されてどうしていいかわからなかった。色々と考えたいことはあったものの頭が上手に回らなかった。唾を飲み込もうとする度喉が痛み、頭蓋骨と脳の間に薄い靄がへばりついているようだった。

細いくねくねとした道を行くので、楽にあとを尾けることができた。公園に入るまでとは違い、松島ひかるの歩みはきびきびとしており、こちらも小走りにならないように気をつける必要があった。

松島ひかるの歩き方はかなり速かったが、先ほどとは打って変わって身体や頭が左右に揺れることもなく、腰から上がぴんとして背中に定規でも入れているみたいだった。もしかしたらバレエかなにか習い事をさせてもらっていたのかもしれない、と私は再び思った。とくに頭の位置が一定で、交差点に行き当たる度に歩を緩めて左右をさっと確認してはまたまっすぐ歩き出した。

私は後ろからその様子をずっと見ていて、食事の前の配膳活動を思い出した。部屋毎のグループで当番のサイクルを作り、自分たちが当番になったときには調理室までワゴンに積まれた料理を取りに行き、食堂を回ってお皿の上に料理を配膳してゆくのが配膳活動だった。配膳活動の当番は食後のお皿の回収と食事の前後のお祈りの担当でもあった。

父よ、感謝のうちにこの食事を終わります。あなたの慈しみを忘れず、すべての人の幸せを祈りながら。私たちの主イエスキリストによって。アーメン。

私たちはテーブルとテーブルの間の通路をワゴンを少しずつ押しながら歩き、お皿を回収していった。ちょっと動いては止まり、また進む。このリズムが前を歩く松島ひかるに重なったのだった。

あるときテーブルを挟んで私の右側で回収をしていた女の子が、私父なんて知らない、と言った。

「え。なに？」

「お祈り。あなたの慈しみを忘れずに、って、そもそも慈しまれていたらこんなところにいないよ。父親に慈しまれていなかったから私たちはここにいるんだよ」

「本当の父親のことじゃないよ」

「母の日に来るあの人たちみたいに？」

私たちは声をあげて笑い、先生に注意された。

「私のお母さんはね、私の父親に殺されたんだよ」

私は黙ってワゴンを押した。女の子は、どうして名前を忘れてしまったんだろう。一時期同じ部屋で過ごしてお互いに秘密を打ち明け合った友達なのに、今ではもう顔もぼんやりとしか思い出せない。その子は黙々とお皿を回収してワゴンの大きなバットに入れていった。私も黙ってとなりを進み、お皿を回収していった。

「こわかった？」

「わからない。学校から帰ってきたらそういうことになってて、全部終わってたから。警察の人が学校に迎えに来て、その後ここに入ることに決まって、それで荷物を取りに帰ったんだ。家の中もべつに今までと違ってるところなんてなかったし、どこでそういうことが起こったのかも知らないし。警察の人に、もう調べ終わってるからどこを触っても大丈夫だよって優しく言われて。私の家なんだから私がどこを触ってもいいなんて当たり前なのにそんなふうに言うんだよ。それでそれきり。他に家族いないからさ。お葬式もしなかった。お墓の場所だけは知ってるけどね、まだ一回も行ってないんだ」

「いつか一緒に行ってみようか」

女の子は、そうだね、と言って微笑んだ。でもその顔も、母が私に微笑んだ表情と重なって、多重露光の写真みたいにはっきり見ることが出来ない。そうだ、私はあの子とあの子のお母さんのお墓に一緒に行くと約束したんだ。大事な約束なのに今まですっかり忘れてしまってた。あの子はちゃんとお母さんのお墓に行けただろうか。誰かと一緒に行っただろうか。あの子も私との約束なんてもう忘れてしまったかもしれない。どちらにしてももうお互いに名前を忘れてしまって、連絡先も知らない。

松島ひかるは外国人墓地沿いにしばらく歩き、途中で曲がって細い坂道を上ったところにあるマンションに入っていった。白い塗り壁に青い屋根のマンションは高台に建っていることもあって道中ちらちらと目に入っており、私はなんとなく松島ひかるはここに住んでいるのではないかと思っていた。

松島ひかるはスロープを上り、硝子のドアを押すとエントランスに入り、右側にあるポストに向かった。私の立っている位置からはポストのほとんどが死角になっており、私は慌てて中が見えそうな位置まで走った。松島ひかるは私がいい位置を見つける前に戻ってくると、内側のドアを抜けて中に入っていってしまった。結局、松島ひかるがどのポストの中身を見に行ったのかはわからなかった。少し待ってからエントランスに入り、彼女が通過したところを省いて考えると、五階かそれより上に住んでいることは確かなようだった。

どのポストにも名前が記入されておらず、私にわかるのは松島ひかると糸がこのマンションの五階から十三階までのどこかの部屋に住んでいるということだけだった。

私はエントランスを出てなるべくマンションの全体像が見える位置に立つと、五階から上で灯りがつく部屋はないかと見張った。無駄だった。辺りはまだ明るくて、部屋についたからといって灯りをつけるかどうかはわからなかったし、上階の窓ほど陽射しを反射して光っており、中で灯りがついてもそうとはわからなかった。

しかし、松島ひかると糸がこのマンションに住んでいるということがわかれば、今度また母子手帳が棄てられたとしても直接届けに来ることが出来る。

家に帰ろうとした瞬間ふと、このマンションのトイレの窓はジャロジー窓だろうかと思った。このマンションを見つけたとき、行き着く先はここだと思った理由は本当になんとなくだったのだろうか。考えてみれば懐かしい感じがしないでもなかった。世界には様々な偶然が折り重なるようにしてあるのだから、そんなふうな偶然があってもいい気がした。

私は引き返し、マンションの周りをぐるぐると回りながら注意深くできる限りすべての窓に目を通した。ジャロジー窓は見当たらなかった。私はがっかりして帰り道に向かった。熱が上がってきているような感じで喉はズキズキと痛み、横になった方が良さそうだった。

朦朧としはじめた意識の中で、あのジャロジー窓の羽は何枚だっただろうと思った。七枚？　それとも九枚だっただろうか。外が明るいときには羽が重なっているところが深緑の影になって床や壁に模様を作った。光がクリスタルの動物たちに反射して窓辺がきらきら輝いていたのを覚えている。あの動物たちはどこに行ってしまったのだろう。今でも母と一緒にいるだろうか。あのハリネズミの置物も？　まだあの窓辺にあるならば、きっと今横倒しになっているはずだ。

母は私との約束を覚えてくれているだろうか。それで、ある日ハリネズミの置物が転がっていることに気付いて、ちゃんと立たせてくれるだろうか。それとも、私があの子との大事な約束を忘れてしまっていたみたいに、母も私との約束をもう忘れてしまっただろうか。忘れられていたのなら悲しいけれど、私にはそれを責めることは出来ないのかもしれない。私はあの子の顔さえ思い出すことが出来ない。

他にも私には思い出せない女の子たちがたくさんいる。種類の差こそあれだいたい同じような境遇で集められ、長い間一緒に生活をし、学び、離ればなれになった多くの女の子のことを私はもうずいぶん忘れてしまった。忘れてしまったというよりもそれぞれの人となりをかたちどるディテールが削られ、いくつもの女の子たちに関する大まかな記憶が一人の女の子の人格となって私の胸に落ち着いているような、そしてそういう本当は複数なのに一人としてまとめられて認識される女の子が他にもたくさんいるような、そんな感じだった。

もしかしたら私が感じているように他の女の子たちも私を私個人でなく他にもたくさんいた似たような女の子たちと混ぜ合わせた女の子として思い出すことがあるのだろうか。私はどうして数ある動物たちの中からあのハリネズミの置物が気に入ったのだったか。さんざん歩いて身体は汗だくだったけれどシャワーを浴びる気持ちにはなれず、オレンジを少し食べて薬を飲むと布団に入った。オレンジが喉を刺激し声を上げそうになったけれど、あまりの痛みで声も出なかった。私はめそめそとした気持ちで布団にくるまり、眠りが訪れるのを辛抱強く待った。

夢の中でも私は高熱を出していた。目を開けると身体が浮き上がるような感覚があり、天井がぐるぐる回ってどんどん近づいてくる。回転する天井がぐんぐん接近してきて衝突の衝撃に備えたその瞬間がくんと重力を感じて天井から引き離された私は尿意を覚えた。しばらくぐずぐずしていたものの結局私は布団から這い出てトイレに向かった。

ジャロジー窓からはあたたかい光が注いでおり、こんなに身体が辛いのにまだまだ外は明るいのだという事実に私は戸惑った。

窓台の動物たちはきらきら輝き、つるりとした質感を際立たせていた。見るとハリネズミだけ横倒しになっており、それで私は自分の体調不良の原因が判明したことにほっとする。用を足すとハリネズミを優しく起こしてやり、思いついて手に持ったまま居間に向かうと、本を読んでいた母が気付いて私を迎えにやって来てくれる。

ママ、あのね、と、私は言う。

「この子はわたしなの。だからこの子が倒れていたら、ぜったいに立たせてあげてね。お願いね。約束だからね」

母は身をかがめ、わたしの髪を指でとかしながら優しく微笑んでくれる。母の顔は光に霞んでよく見えない。しばらくすると雲が流れ、部屋の中が翳るとともにファインダー越しに絞りの焦点がみるみる合うように、その顔がはっきりと浮かび上がってきた。松島ひかるだった。松島ひかるは私の髪を指で梳きながら、そうね、と言った。

私は、自分がとても安心するのを感じた。ずっとこんなふうにして、母に頭を撫でられながら見つめていてもらいたいと思った。松島ひかると私は手を繋いでトイレに戻り、ハリネズミの置物を窓台に優しく置いた。もう倒れなくていいように、傾いていたりへこだりしていない一番安定しているところを選んだ。

部屋は薄青がかった暗闇だった。喉が渇いていたものの、とても飲み込むことは出来なさそうだった。息を吸うだけでひどく痛み、頭が朦朧とするのを感じた。口に唾が溜まり、勇気を出して飲み込もうとした瞬間身体全体が脈打ち硬直するほどだった。

身体を起こしてティッシュをとり、丸めて口の中に放り込んで唾を吸わせ、ぐっしょりすると新しいティッシュを口に入れた。

洗面にいって鏡越しに喉を覗き込んでみると、扁桃腺が腫れて喉がほとんど塞がっていた。扁桃腺はただれて、ところどころ膿が出ている感じだった。私は泣きたくなった。三時五十三分で、冷蔵庫の中の食べ物も食べるための喉もなく、蛍光灯の光の下でただれた口の中を見つめている。電話をする相手もいないし、喉がすごく渇いている。

部屋に戻るとタンスから母子手帳を出した。

市ノ瀬ひかる　一九九七年六月十三日

二歳健診まで続く私の健康に関する記述を眺めながら、母子手帳とはべつに写真の一枚でも残してくれたらよかったのにと思った。出来れば一緒に写っているものがいいけれど、それが無理でも母が写っている写真一枚あったらもっと身近に感じられたのに。どうすればいいかわからなくなって途方に暮れるときにも、母の顔を見て安心することができたのに。

だけどそれは贅沢な望みだ。母子手帳があるだけで、何もないよりずっと私は救われてきたし、自分の立っている場所をいつだって確認することが出来た。母がいて、ほんの一時だとしても愛されて、それで私がいる。そこに立ち戻れるだけで私は杖に支えてもらうみたいに立ち続けることが出来た。

それなのに、松島ひかるはそんなに大切なものを簡単に棄てようとしていた。もしも何かのきっかけで離ればなれになってしまって糸が一人きりで生きていかなければならなくなったとき、母子手帳まで失ってしまったら、糸は何を根拠に人生を組み立てていけばいいのかわからなくなってしまうかもしれない。顔も知らない糸を私は守ってあげたかった。

私に何かしてやれることはないだろうかとあれこれ考えてみたものの、何も現実的ではなかった。

　私は悲しい気持ちになって口の中のティッシュを交換した。ティッシュを口の中に詰め込んでいるだけでだいぶ楽だった。唾を飲み込まなければならない緊張と痛みからの解放は思っていたよりもかなり大きかった。ゴミ箱に棄てたティッシュを見て、これならなんとかやれそうだと少し元気が出た。

　私は定期健診に再び目を戻した。健診の結果だけでなく、医療記録も書き込める欄があったらよかったのにと私は思った。私が覚えていないほど小さい頃から私はよく扁桃腺を腫らしていたのか知りたかった。扁桃腺を腫らし熱を出して母を心配させただろうか。私が知りたいのはそういった細かな一つひとつだった。

　娘がまだ小さい頃ね、とラーメン屋の店主は言っていた。

　自宅で仕込みをしているとまだ学校にいるはずの娘が赤い顔をして帰ってきたのよ。具合が悪いって言うからさ、測ってみたら高熱。すぐに着替えさせて布団に入らせてね。電池が切れたみたいにすぐ眠ったから仕込みを再開したんだけど、出かけるっていうときになって起きてきて泣き出すわけ。置いてかないでって泣くんだよ。心細そうにさ。なんだか身につまされちゃってね。だけど仕事は休めないから。連れてっちゃったんだよね。仕事の間はトラックの座席に寝かせてね。お客さんがちょっとはけた隙に何度も顔見に行ってね。起きてるときもあれば寝てるときもあってさ。淋しくないかって聞いたら淋しくないって答えるんだな。それを一晩中続けてさ。そしたら風邪もらっちゃってね。次の日二人して一日寝込んだ。初めてかもしれないね、布団並べてさ。とくに何か話したってわけじゃなかったけど、だけどふとした時にね、あの時のことをいつも思い出すんだよ。俺と娘で一緒に枕並べてさ、あそこが家だよなって思い出すんだよな。

私も同じだと思った。私にとっての家は、ジャロジー窓のある、ハリネズミのいる、母が微笑むあの家だった。曖昧な記憶の中にあるあの家が私の家で、人生のほぼすべてと言っていい、あの家の外で暮らしてきた年月は私にとって仮の宿だった。私は今、とても家に帰りたかった。

通りはしん、としていた。明るくなりはじめているとは言えまだ青色がかった薄闇が勝ち、プラタナスの枝葉は切り絵のように立体感のないシルエットだった。風は吹かず、私の足音も響かなかった。通りの終わり、広い道路と交差するところの信号の青が消えて黄になり、赤が点灯した。赤がアスファルトに反射し、歩行者用の青と混ざるところは白っぽく光っていた。夜に少し雨が降ったのかもしれないと私は思った。しばらくすると赤が消えて青になり、もっと遠くに見える信号も遅れて青になった。私が交差点に着く頃にはまた赤になり、さっきよりも近くに見えるむこうの信号も黄色が消えて赤が点灯した。信号はこうやって赤になったり青になったり繰り返しているんだと私は思った。

私は口から出したティッシュを紙袋に捨て、同じ袋に入れておいたボックスティッシュから一枚取って口に押し込んだ。こうしていると、本当に楽だった。

信号が青になると私は通りを渡り、しばらく行って外国人墓地のフェンス沿いを歩き、途中で折れて坂を上った。

エントランスが煌々としているほかにはマンションに灯りはなく、まだ誰も起き出していないようだった。とても高いマンションだった。そもそも丘の上に建っているので最上階に住んでいればかなり遠くの方まで見渡すことが出来そうだった。このマンションの窓がジャロジー窓だったらいいのにと私は思いながら口の中のティッシュを取り替えた。ハリネズミの置物は、三つあった。三つあるうちの一番小さいやつが私だった。一番大きいやつは針が一本足りなかった。針は繊細で、簡単に根元から取れてしまうのだ。やがて辺りは透明な白っぽい光に包まれて一瞬色を失い、それから朝がやって来た。

出社した私をはじめ編集長は気遣おうとしたが、私が声を出せないことを理解するとそっとしておいてくれ、ティッシュをかわるがわる口に放り込んでゆく私にもすぐに慣れてくれた。

お昼にはゼリー飲料を努力して薬と一緒に飲んだ。やることもないので、ライブラリーに行ってドキュメンタリーを途中まで観た。私はこんなにいい場所を教えてくれたお礼を言いたかったけれど、あのカモシカに似た男の人の姿を見かけたことは一度もなく、結局あの人は選考に漏れてしまったのだと思った。会えたとしても喉の痛みでまともに言葉を交わすことは出来なかったし、水の研究について尋ねられたら何と答えればいいのかわからない。それにもう顔を忘れてしまった。私の人生にはこういう人がなんて多いんだろう。何かの偶然が重なって吸い寄せられるように出会って言葉をいくつか交わすのに、その一瞬が過ぎればもう二度と会うこともない。そして少しの時間が経てばディテールを思い出すこともできなくなり、やがてそういう人がいたことさえも忘れてしまうのっぺらぼうの人たち。それなのに何かのきっかけで突然、まぶたの裏にぬっと現れるのだ。だけどそうやって現れた時にはもう前に思い出していた時よりずっと細部が欠けて他の記憶と見分けがつかなくなっているし、そもそも脈絡なく混ざり合ってその継ぎ目を発見することは難しい。

午後の仕事ははかどり、今週中に仕上げなければならない原稿はほとんど完成してしまった。プリントアウトして提出しに行くと、編集長は喉を指さし、よくならないね、と言った。

「病院には行ったね」

私は、頷いて診察券を渡した。

「内科に行ったんだね」

私は頷いた。

「だめだよ、喉が悪いときには耳鼻咽喉科に行きなさい。そっちが専門だから」

私は、だけど、と言おうとして喉の痛みに怯んだ。編集長は引き出しを開けて中の紙入れからカードを取り出すと、ここに行きなさい、と言った。耳鼻咽喉科のカードだった。

耳鼻咽喉科は、ライブラリーからすぐのところにあった。受付で手振りで喋れないことを伝え、口を開いて喉を見せるとすぐに理解してくれて、ほとんど待たずに診察室に案内された。

ずんぐりとした医者は、すぐに大きな病院に入院して手術を受けなさい、と言った。眼の下の隈は濃く、皮膚はたるんで張りがなかったけれど威厳のある感じがした。

まったく予想していなかった命令に私が困惑していると、医者は、それは風邪ではない、と言った。

「扁桃周囲膿瘍という病気だよ。扁桃炎がずっと悪くなった病気。もし今日ここに来なかったら、今晩寝ている間に喉が塞がって君は窒息死していたんだよ」

私は医者の言葉に強いショックを受けた。ちゃんと病院に行って薬をもらい、医者の言いつけ通りに服薬して身体を休めていたのに、その結果死に至ることになるなんてひどすぎる。

入院は何日ですか、と、私は訊ねた。声を出すのが辛く、思った通り上手に喋ることが出来なかった。医者は聞き取ることができず、何回も私に同じことを喋らせた。首を縦に振るか横に振るかで答えることの出来る質問の仕方をしてくれず、会話を強要するのは死にかけの人間に対して全然優しくない態度だったけれど、だからといって会話を拒否すれば私は死んでしまう可能性があったのでなんとか頑張った。

「四日は入院しなければならないよ」

私は医者の言葉を聞いて首を横に振った。

「なぜ」

「入院するお金はないんです」

医者はじっと私の顔を見た。全くの無表情だったけれど私はとても恥ずかしかった。死ぬかもしれないと告げられているのに入院費用のことを気にしているなんて愚かだと思った。

「あの、私、死ぬしかないんでしょうか」

言いながら泣きそうになった。でも泣くだけの元気もなかったし、私が死ぬことに関して涙を流すことが出来るのは私だけなのだと気がついてなんだか呆然としてしまっていた。しかたないね、と医者は言って私から眼を逸らした。

私ははじめ医者は私が死ぬのはもう避けられないことで仕方がないのだと言ったのかと思ったが、別の椅子に座るように促されて匙を投げられたのではないのだと驚いた。

ヘッドレストと肘掛けのある椅子で、背もたれの角度を自由に変えられるやつだった。医者は助手に何かを言いつけると引き出しを開けて箱からゴム手袋を取って嵌め、なじませるように両手を擦りあわせた。私の視線に気付くと、ここで手術をするよ、と言った。私が混乱するより前に戻ってきた助手がテーブルに置いたトレイにはメスと先端が湾曲した何か金属のヘラのような小さなものが載っていた。それを見ていると、助手が犬の首輪のようなもので肘掛けと私の腕を固定した。私は怖くなって叫び出しそうになったけど、喉が塞がって声が出なかった。

医者は咳払いを一つするとメスを持って私のすぐ近くに身体を寄せられるように椅子を調整した。口を大きく開けるように言いつけ、私がその通りにすると左手の親指を私の口の中に差し込み、右手に持ったメスを構えた。私は恐怖で動けなかった。

「動かないように」

医者の声と同時に熱湯を吹き付けられたような鋭い痛みが喉の奥を走り、すばしっこい動物のようにメスが私の口から引き抜かれるのが見えた。カラン、と音がして次の瞬間、喉の奥に何かが押しつけられ、ごりごりと骨が砕けるような音がした。

「吐け！」

医者の恫喝に私は背を丸めた。顔の前には銀色のトレイがあり、私は何が何だか分からないまま口を大きく開けて吐きだした。ねばついた赤黒い塊のようなものがぼたり、とトレイに落ちた。トレイはいつの間にか助手が持っていた。次の瞬間には医者が口の中に親指を差し込んで右手に持つ道具で喉の奥をごりごりとやり、また吐き出させられた。私の身体は恐怖と痛みとショックで痙攣していた。

医者は、もう一度っ、と怒鳴って私の頭をヘッドレストに押しつけまたごりごりとやった。引き抜くときにやっとそれがさっき見たヘラのような器具であると分かった。

医者はそれから数え切れないくらい私の喉の奥を名前の分からない器具で抉り、その度に口に溢れるものを吐き出させた。私の足や手、肩はガタガタと震え、こわばる身体は私の意識と離れていった。

ママ！　と声にならない叫び声を上げ、小さなリビングを思った。私を見下ろし、優しく頭を撫でてくれている母。滑り下ろされた指先が私の髪を梳いてゆく。トイレのハリネズミは、今きっと倒れている。ジャロジー窓に濾された光を受けて針の部分が七色に光っている。

気がつくと私は硬いベッドに寝かされ、点滴を受けていた。周囲をクリーム色のカーテンで囲まれており、カーテンレールから蛍光灯が三分の一だけ見えた。しっかり目を開けているはずなのに薄目で見ているように霞み、滲んだ風景だった。

しばらくすると医者がやって来て枕元の椅子に腰掛けると、私の喉を塞いでいた膿でたぷたぷになったトレイを見せてくれた。

「こんなに溜まっていたんだよ。まだ若くて体力があったからぎりぎりのところでなんとかなったけど明日にはもう無理だったよ。これからは喉が痛んだらすぐに来なさい。君の扁桃腺は悪い扁桃腺だからね」

すみませんでした、と言ったとき、ちくりとした痛みを感じたものの今までの痛みとは比べものにならないくらい楽になっていた。唾を飲み込むことも、息を吸うこともずいぶん楽に出来るようになっていた。

「あと三十分くらい点滴受けたら帰ってよろしい。抗生物質と痛み止めを出しておくから今日を含めて三日間で飲みきるように。それですっかりよくなればもう来なくていい。薬がなくなってもあんまり痛んだり、腫れてくるようならまた来なさい」

枕元で話してもらっているのに、コンクリートの壁で隔てられた隣の部屋の会話が断片的に耳に届いてくるような感じで私は漠然としたじれったさを覚えた。

医者がカーテンを閉めて行ってしまうと、私は目を開けていられなくなった。苦労して目を見開くと、点滴の袋から管に薬が落ちてゆくのが見えた。一定のリズムで落ち続ける点滴のしずくを見ているうちに私は眠りに落ちた。眠りながら、次に目を覚ました時、明るい光に包まれながら、私は大きな声をあげて泣くのだろうと思った。

彼女がなるべく遠くへ行けるように

夢現《ゆめうつつ》にことことと、微かな音が耳を掠《かす》めて目を開けた。部屋は薄暗かった。襖を取り払ってひとつなぎにした隣のリビングの窓、磨りガラス越しに仄《ほの》かに射し込む白い街灯は、近視の私に時計の針を読ませてはくれず、目を慣らそうとまばたきを繰り返す内またことことと、控えめな足音をしんと静まる未明の空気に響かせた。

サイドテーブルに手を伸ばし、掛けた眼鏡のレンズ越しに見たリビングの壁際をことこと、小さな音を立てながら彼女は行ったり来たりを繰り返していた。やがて視線に気がつき立ち止まると、華奢な頭部に対して大きな耳をピンと張り、鼻先と髭を震わせて思慮深く翳《かげ》りのないあのつぶらな瞳でじっと私の目を見つめ返してくるのだった。

彼女は時々、夜中に現れては以前よくやっていたように壁際を忙《せわ》しなく動き回っては立ち止まり、小さな両手の指先を頼り無さそうに重ね合わせてじっと私の目を見つめた。そんな彼女の行動をしばらくは私も目で追ってはいるものの、決まった速度で決まった範囲を行き来しては立ち止まるのを眺めている内に、そのことことという心地良い足音も相まっていつもいつの間にか再び眠りに落ちてしまい、次に目を覚ますともう彼女は姿を消しているのだった。
彼女と出会ったのは祥子《しょうこ》さんの家の寝室だった。祥子さんというのは私の親戚にあたる人で、私は祥子さんの家の二階に住んでいた。二階とは言っても一戸建ての一階と二階という事ではなく、一階が祥子さんの家で、その二階部分がアパートになっており、私の部屋はそのアパート部分の一室だった。祥子さんとは顔を合わせれば楽しく会話をしたし、何かの用事ついでにお茶を飲んで世間話に花を咲かせる事も多かった。家の管理に関しても高齢という域に足を踏み入れつつある祥子さんには不向きな男手のいる仕事は私が引き受けていたから、単なる大家と入居人という間柄とは違い、また親戚であるという気安さが手伝って祥子さんが失踪するまでの間楽しく暮らしていた。年末の大掃除なども一緒に行ったし、庭の木の剪定《せんてい》なども祥子さんに教わりながら私がやった。

庭に植わった草木にはそれぞれ意味があった。祥子さんは縁側から見て右側に植わった梅の木を指して、「あれはあなたのお母さんが生まれた記念の梅なのよ」と、教えてくれた。

「あなたのお母さんが生まれた年に、あなたのお祖父さんが植えたの」

「お祖父さんが」と、私は言い、それから私の記憶にある祖父が梅の苗木を植えるところを想像しようとしたが、うまくできなかった。祖父は私を大変可愛がってくれたが、私がまだ幼い頃に他界してしまったため、何かをする時にどのような動作をするのかなどといった動きの癖を私はあまり知らず、思い出しやすいのはやはり遺影の中で微笑む祖父で、だから庭仕事をする祖父の姿もどこか平面的な像として浮かんでくるばかりで現実味を帯びなかった。

祥子さんにとって私は従甥《じゅうせい》にあたる。遠い親戚と呼ぶには少し近い気がするし、ただ親戚と呼ぶにはあまりにも遠い関係性であるように思え、だから私にとって祥子さんは祥子さんという存在だった。私がまだ幼かった頃何度か会う機会があったらしいのだが私の方には記憶がなく、だから外階段でのみ行き来する事のできる一階と二階とは言え一つ屋根の下で生活していたという事実はとても不思議な事であるように思えた。

数年前に住んでいたアパートの持ち主が代わり、それに伴って取り壊しが決まった事で退去を余儀なくされた私は戸惑い方々に相談をし、そして結局親戚伝いに話を持ちかけられた祥子さんが快く私を引き受けてくれたのだ。私の祖父の弟にあたる祥子さんの父親が働き盛りを少し過ぎたあたりに建てた家で、退職後に少しでも収入をという事で二階部分を二部屋のアパートにしたのだった。今は祥子さんが一人で一階に住んでおり、二階は特に貸していなかったが、人の住まない家は朽ちやすいという事で私の移住を歓迎してくれた。膝が少し痛み始め、定期的に二階と行き来するのが辛くなってきていた祥子さんは当初、住んでくれるだけで保全に繋がるからと家賃を受け取ろうとしなかった。いい歳をして蓄えらしい蓄えがまったくない私にとって正直ありがたかったものの、しかし一応は大人なのでそんなふうに甘える訳にもいかず、もう一方の部屋の掃除も定期的に行うという条件のもと格安の家賃を支払うという事で互いの妥協点とした。

祥子さんはおそらく親戚として耳にしていた生い立ちから私を可哀想な子として今でも認識している節があり、何かしてやらなければという意識が働いての申し出でもあったのだろう。だから一層無料で居候という訳にいかず、散々考えて導き出した案だった。

私の祖父が私の母が生まれた記念の木を弟である祥子さんの父親の家に植えるというのは不思議な感じがしたが、聞けば仲のいい兄弟で、また祖父の家には木を植えるほどの庭がなく、それならばこの家に植えれば良いというのが祥子さんの父親の申し出だったという。祖父が他界した時にはすでに祥子さんの父親も他界しており、もし生きていれば間違いなく幼かった私を引き取り育てたはずと祥子さんが話して聞かせてくれた事があった。「そうすれば結局あなたと私はこの家で一緒に暮らしていたのよ」と、その時祥子さんは言った。

庭には成木になって久しい木々に交じって背丈の低い一本の梛《なぎ》の木が植わっている。祥子さんが失踪したのと引き換えに植えられたこの梛は、もともと祥子さんが鉢に入れ、寝室で育てていたものだった。何かの折に氏神である神社から分けてもらったとの事で、祥子さんはこの木をとても大切にしていた。適切に水をやり、風と陽に当て、葉が埃をかぶれば子供の頭を撫でるように指先で拭ってやっていた。どんなに体調がすぐれない時でも世話を欠かさず、ひどいインフルエンザに罹った時にも梛を理由に入院しなかった。そういう時くらい私に任せてくれればいいのにと少し寂しく思いながらも、そこに祥子さんの強いこだわりを見て下手な口出しをしないよう心掛けていた。

祥子さんが失踪した後、しばらくパニックに陥っていた私が一応安心したのは庭に植えられた梛を発見したからだった。あまり陽当たりの良すぎない、暑い季節になっても適度に涼しい場所に植わっている梛を見て、祥子さんは自分の意思で家を空けたのだと納得をした。

祥子さんが失踪したのは一月だった。かなり寒い日が続く週の水曜日に何の言伝《ことづて》もなく消えてしまった祥子さんはしかし、いつの間にと驚く程家の中をきれいに掃除してから出て行った。家具類は全てそのままになってはいたが、例えば冷蔵庫の中身はすっかり空になっており、戸棚の中の長くそのまま放置しておいては良くないであろう物も全て処分されていた。常に切らさないようあんなにたくさん確保してあったはずの海苔やお茶も全て無くなっていた。部屋のどこにも埃ひとつなく、水場やガラス物も全て綺麗に掃除されていた。電源が必要なものは全てコンセントが外されて静まり返っていた。

　そういったいちいちを動揺を引きずったままに見て回り、もうこれ以上見るものはないという段になってやっと、祥子さんがいなくなってしまった、と私は思ったのだった。行方不明者届を提出しなければと考えすぐに警察署に向かったが、しかしあと少しで門をくぐるというところで私は立ち止まった。本当に届けを出すべきなのだろうか、と考えたのだった。祥子さんは私よりずっと大人で、高齢者と躊躇なく呼ぶには健脚だし頭もかなりしっかりしている人だった。そんな人が部屋を綺麗に整え自ら出て行ったのだから、そこにはそれだけの理由や意思が存在するはずなのだった。それなのにこんなに慌てて私がミソをつけていいのだろうかという純粋な疑問が頭をもたげた。家財一式処分となればまた話は別だがそういうわけでもなく、だから普通に考えれば戻ってくる可能性だってある。そもそも祥子さんの家から祥子さんが出て行ったのだから、帰るタイミングは祥子さん自身が決めればいいのだ。であれば自分としては祥子さんがいつ帰って来ても良いようにただ黙って家の維持管理に努める事が礼儀なのではないだろうか、とそんなふうに思ったのだった。

　祥子さんは今でも帰って来ていない。だから私は祥子さんの家に、正確には祥子さんの家の二階に一人で住み続けているのだった。

私が住む部屋は職場まで自転車で二十分弱のところだったが、通勤にはバスを使った。十年来自転車を持っていなかったし、自転車に乗るのもあまり好きではなかった。運転がうまくないし、タイヤに空気を入れる作業が嫌いだった。そんな予兆など全然なかったのに、私が乗ると自転車は何故だか頻繁にパンクした。自分では普通に乗っているように思っていても前輪のスポークがよく歪み、その度に自転車屋の店員に呆れられた。歩いて通えない距離ではなかったが、制限時間があるときには歩くのも得意ではなかった。歩く事はむしろ好きな方だったが、ちょっと変わっているように思えるものや気になるものを見つけてしまうとそれをとことん調べなければ気が済まない性格で、その場にとどまってあれこれ考えたり色々な距離や角度から眺めたりしている内に、どんなに頑張っても予定の時刻までに目的地に辿り着く事が不可能になっているという事がよくあった。決められた時刻に決められた場所に辿り着こうと思ったら、強制的に運んでもらうのが一番効率的な方法だった。部屋のすぐ目の前にバス停があるわけではなかったのでどのみち最短でも五分は歩かなければならなかったが、乗ってしまえば幸いにして職場の目の前のバス停まで一本で、細い道を渡ればすぐに門をくぐる事が出来た。

職場は美術大学で、私はそこで週に四コマの授業を持ち、別枠で大学内の図書館の資料整理のアルバイト職員として働いていた。他にも在宅で模試の採点などを請け負ったり、予備校のオリジナルテキスト作成の手伝いを行ったりもしていたが、生活は裕福とはほど遠かった。食い扶持になっているのはいずれも英語だった。実のところ私は英語のスペシャリストとは呼び難い人間であるものの、大学と大学院で六年間学び研究した英米文学の副産物としての知識によって食いつなぐことが出来ていた。在学中には授業料を支払うために、美術大学を目指す高校生や浪人生のための予備校で英語を教えていた。その時の授業の内容だって実を言えば相当にヤクザなものだったのだが幸いにして美術大学入学のための英語の試験というものは普通大学のものと比べて難易度がかなり低く、たいして教えていなかった生徒たちは皆、毎年問題のない点数をたたき出してくれた。そのお蔭で私はまるで英語教育のプロのような扱いを受け、大学院修了のタイミングでは予備校の学長に紹介状を書いてもらうことができ、そして今では美術大学の非常勤講師として食いつなぐ事が出来ていた。大学院に進み、英語で本を読んで英語で論文を書き、たどたどしくも英語で発表などもしたとは言え、私の英語力はこれを以って大学で教えられるというレベルでは全くなかったが、そもそも美術大学の学生の多くは先に述べたような英語の試験に息を切らしてパスしてくるような生徒であり、だから私が講師という立場に君臨していたとしても誰も困る者はおらず、そして私はいつの間にか英語の先生として周囲から認知されるようになった。これは普通の予備校で、普通の大学であったら絶対にあり得ない事だと思う。そういう訳で私はいつも場違い感を身にまとっていたし、美術領域でも一般教養の領域でも、本当にその道で勉強、研究をして講師なり准教授なりになった人たちと会話をしていると、自分が嘘を吐《つ》いているような感じがして心細くなった。

　私が担当しているのは中級英語演習という科目で、幸いにして中学英語も覚束《おぼつか》ないという生徒はほとんどおらずある程度普通に授業を進める事ができるのでありがたかったが、事務局から求められたのは就職や作家活動の際に後れをとらないような実践的な英語能力を、というテーマだった。しかし私の授業を選択する生徒というのは英語に対して強いアレルギーを持ってはいないものの、主に比較的楽な単位取得を目指してやってくる者がほとんどなので、どんなに将来性に結びつけたところであまり喜んで取り組もうとはしない人たちだった。という事で、私の授業では文芸演習を取り扱った。もともと私の専門分野なので生徒や周囲の先生方に嘘を吐く度合も軽くなると思ったし、もともと表現する事に意欲を持つ生徒たちなので折り合いとして良い具合だった。どのコマも結局は二十人にも満たない少人数の集客だったのを幸いとし、週毎に割り振った発表担当者に英文による短編を書いて来てもらってそれを全員で読み、その後担当者の発表と質疑応答や感想等の意見交換というスケジュールの授業だった。

私としてはあらかじめメールで送ってもらった短編を読んで文法的な訂正をするのに加えて優れた点などを予習しておき、授業でそれを指摘する他はファシリテイターとして存在していればあとはもう生徒たちが勝手にやってくれるので非常に楽な仕事だった。文学的な観点から意見を求められれば私の感じた事を発表する事もやぶさかではなかったが、そういった機会はほとんどなかった。

大学は小川のほとりに建っていた。小川の両岸は遊歩道になっていて、ナラやブナ、けやきに山桜など様々な樹木からなる雑木林の様相を呈しており、ところどころ木の根がうねりながら突出している剝き出しの土が犬の散歩に最適らしく歩いていると犬とよくすれ違った。

遊歩道と小川との間は大人の胸ほどの高さの柵で仕切られていて、柵の向こう側は土が剝き出しになったささやかな崖になっており、底には小川が流れていた。崖の断面は極めて円に近いカーヴを描いているので一度転落すると土のぬめりもあいまって自力で登ってくる事は不可能との事だった。小川の流れは穏やかで、木々の枝葉で日差しから守られているため縁には苔や羊歯《しだ》系の植物が乱生しているのが見て取れた。小川は天然の川ではなく上水だった。その昔重機など存在しない頃に頑丈な地盤を求めて人が集まってきたものの、上水の下流の方角の土地があまりにも平らで水の便が悪く、慢性的に深刻な水不足の状態だったので川から水を引いてくるために造られたとの事だった。時折曲がりくねりながらいくつかの市をまたいで東西に長くのびていて、その一部分がこのように緑地になっていた。適当な間隔で橋が渡されていて、橋の柵から身を乗り出して覗き込んでみると、鯉がぴちゃぴちゃと水を鳴らして集まってくるのがよく見えた。数年前まではどの鯉もヘルペスを患っていたが今ではすっかり消毒されて、どの鯉の表面も滑らかに陽の光を反射させており、かつては生活に欠かす事のできない用水として活躍した上水も今はただ景観のために流れ続けていた。

この街には他にも水脈があって、こちらは地下深くからの湧き水だった。街は起伏に富んでいる。というより底に向かって何度か平らな土地を挟みながら階段状に低くなってゆく地形になっており、坂道が多いとはいえ、そこまで意識する事もなく普通に歩いていると突如として眼下に街並が広がり、驚いて道の脇に近寄ってみるとそこから急に崖になっているという事がよくあった。このような地形を河岸段丘と呼ぶらしく、こういうところにはよく水が湧くのだという。湧水群は一番低い土地にあり、水底の割れ目から湧き上がってくる様子をはっきり目視できるほどたっぷりと湧き続けていた。季節問わず驚くほど冷たく清らかで、週に一度ペットボトルを持参して汲ませてもらっていた。本当は汲んだその場で飲みたいと思うのだが立て札にはそのままの飲用には適さないとの注意書きがあり、臆病な私はおとなしく従い一度持ち帰って薬缶《やかん》で沸かすようにしていた。湧き水で淹れる珈琲は口当たりが柔らかくなるだけでなく香りと甘みを際立たせ、新参者の私に土地への愛着をくつくつと湧き上がらせた。

時折、深夜など辺りが静まり返った時ふと地下に流れる水脈の気配を感じ取れるような独特の感覚に浸る事があった。住んでいる部屋が二階であるにもかかわらず水脈の気配を察知するというのは矛盾めいた話だが、感じ取ろうと意識する時にはなかなか訪れないその感覚が静かに読書をしている時などに突然、池の底の割れ目から静かに滲み出す気泡のゆらめきと、その密かな振動を導き出す地下深くの水脈の移動の気配にはっとして顔を上げる事があった。

そんな時、気づくと彼女も動きを止め、鼻を若干上向かせて髭をピンと張り、じっと察知に努めているように見えた。そんな彼女を見つめながら、今私たちは同じ感覚を共有しているのではという安らぎを感じた。そして、水の声とも言うべきこの気配に気づくようになったのはもしかすると彼女と出会ってからではなかったかと思い当たるのだった。

彼女と出会ったのは祥子さんが失踪してから二月《ふたつき》ほど経った頃で、習慣として馴染みはじめた週に一度の掃除に取り掛かっているところに鉢合わせたのだった。祥子さんは家のものを綺麗に片付けて行ってしまったので、食べるものなど何もなかったであろう彼女がそこで何をしていたのかは定かでないものの、私が襖を開けて寝室に入った時には床框《とこがまち》にぺたりと背中を付けた格好でこちらを見つめていた。幼少期から都会暮らしの私にとって鼠を見るのは大変珍しい経験で、何の予兆も無く姿を見せた事にも驚いて、しばらくその場を動く事が出来なかった。しかしいつまでも突っ立っているわけにもゆかず、まずは縁側のある南側の戸を開けて避難経路を確保したのちそこからすみやかに退室願おうと考えたものの、自分が一歩踏み出した途端に相手がパニックに陥って畳の上を駆け回ったり手の届かないところに潜ってしまったらどうしようと不安でなかなか行動に移す事が出来なかった。じりじりとした緊張感の中で彼女は真っ直ぐ私の目を見上げており、しかし鼠というものはこんなにも人の目を直視するものだろうかと不審に思いながらよくよく見返してみればつぶらな瞳が可愛らしく、私を見つめる瞳は警戒心を働かせて出方を窺うというよりも、知的な好奇心に満ちたもののように思えた。彼女の瞳に吸い寄せられるように一歩踏み出すと、畳の奥の床が微かに鳴った。彼女は敏感に耳を震わせて数回まばたきをすると音の所在をちらりと目視し、すぐに視線を私に戻した。

私は戸を開ける事も忘れて一歩また一歩と畳を渡った。彼女は一切視線を逸《そ》らさずに私の歩みを見守って、私のつま先と彼女の指先が触れるまであと二十センチというところまで来ても逃げる素振りも見せず、ただ興味深く私を見つめ続けていた。

私はしゃがみ込み、改めて目の前に佇む動物を観察した。身体は引き締まると言うより痩せていた。部位によって色の差はあるものの全体として焦げ茶がかった毛がびっしりと生えており、鼻や指先、耳の内側と尻尾など肌の露出した部分はしっとりと鴇色《ときいろ》だった。滑らかに潤んだ目を覆う皮膚は薄く、顔面から突き出た鼻先に開くふたつの小さな穴は絶えず震えてどんな些細な匂いの濃淡も嗅ぎ分けられそうに見えた。髭は健康的に張りつめ、両耳の狭間で丸みを帯びた頭頂部に生える毛はいかにも柔らかさそうだった。欄間からやわらかく射す陽の光に浮かび上がる稜線は生き物として過不足の無い機能を美しく浮かび上がらせていた。私は時間を掛けてそのいちいちを興味深く眺め、それは向こうの方でも同じようだった。

両手をお椀の形にし、左右からそっと掬い上げるように足下に差し入れると、抵抗も見せずに彼女は私の手に収まった。ピンとこない重さだった。持ち上げると、空気が流れて生っぽく匂った。

動じる様子の無い彼女を手の上に乗せたまま勝手口から出て外階段を上り自分の部屋に帰ると、それからどうしようかと少しうろついた後、洗面所に行って洗面器にぬるま湯を張り、そこに彼女をくぐらせた。彼女はびくりと身体を緊張させ何か小さく声を発して一瞬絶望的な表情を見せたものの、二、三度脚をお湯の中で揺すぶると身体の力を抜いた。

彼女の脚から煤めいたものが水中に散らばるのが見えた。少し遅れてちょうど彼女の身体の水面の高さにあたるところから何か細かなものがわらわらと、「這い上がる」と形容するにはあまりにも素早く上って来て、あっと言う間に顔を埋め尽くすのが見え、私は反射的に彼女の顔をお湯の中に突っ込み揺すってしまった。彼女は必死にもがき、蚤と思われるものが夥しくお湯を埋め尽くした。私はハッとして彼女を引き上げ排水溝にお湯を流し捨て、洗面台を手荒く洗ってまたお湯を張ると彼女を浸けた。彼女はあらん限りの方法で私の手から逃れようとしたが、決して噛む事はなかった。私はなんとか彼女を押さえ込み、彼女をお湯に浸けてももう汚れその他が出て来なくなるまで同じ行為を繰り返した。その頃にはもう彼女は理不尽に降りかかった悲しみを受け入れるようにぐったりとしており、寂しそうに髭を震わせる彼女を見て私は罪悪感に苛《さいな》まれた。こんな事をしてはいけないのではないかと怖くなり、しかし結局止める事ができずに抗菌ハンドソープまで使って彼女を洗い、タオルとドライヤーで清潔に乾かしてしまった。

　リビングに入ると彼女は私の手から降りた途端に弾かれたように壁際まで移動し、壁にぴたりと背中をつけて一度素早く部屋を見回した。傷ついたような様子でひとしきり身体を舐めてから、うつむきフローリングをじっと見つめたままその日一日ずっと動かなかった。彼女はいつも壁に背中を預けて佇み、気が向くと襖二枚分程の壁際を行ったり来たりした。そういう時彼女は取り憑かれたように夢中になって決まった範囲を駆けつ戻りつするのだが、速度は常に測ったように一定で、小さな爪が立てることとことという音は軽やかで慎ましく、私はそれをとても好ましいと思った。

初日の諍いはあったもののその後の彼女との生活はうまくいった。私は彼女に専用の豆皿を購入し、そこに食べ物を用意した。用意が済むと私は部屋を空けた。ほんの思いつきから彼女を部屋に招き入れたもののペットとして飼おうとしたのではなく、それでは何故自由を奪ってまで連れてきたのかと問われれば自分でもよく分からず餌を与えるという事にも抵抗があったが、彼女はお気に入りの壁際から決して離れようとはせず、それは私が部屋にいない時にも同様のようで、したがって私の方からきっかけを与えなければ一切食事をしなかった。惹き付けられるまま自分の部屋に連れて来てしまった事から来る罪悪感と責任感から落花生を細かく砕いたものを用意し、食べたくなければ食べないだろうと壁際に置いてみたところやはり口を付けず、しかしそのままにして仕事に出かけ、帰宅してみると皿の上が綺麗になっていた。それから私は彼女の豆皿に食事を盛り、所定の場所に置くと部屋を出るようになった。とは言ってもわざわざ部屋を出るのではなく仕事に出るだけの事なので少なくとも私の側には不満はなかった。

彼女はよく食べたが、ぜんぜん太らなかった。食事の量が少ないのだろうかと思い分量を増やしてみれば増やしただけ食べるものの太る気配は無く、結局図鑑を参考に一日の摂取量は体重の三分の一程度にとどめる事にした。あんな事があって私との接触を恐れるかと心配したが別にそういうふうでもなく、私が触ろうとすれば触るに任せた。失礼を承知で頭を撫でてみれば毛と薄い皮膚の下に頭蓋骨を確かに感じた。夜行性らしく、昼間に壁の角のところで丸くなって眠っているのを何度か見かけた。そのあまりの無防備な様子に動揺して、もう被らない麦藁帽子にハサミを入れて簡単な寝床を作ってみると律儀にそこで眠るようになった。眠ってはいるものの音は聴こえているらしく、私が立ち上がったり、外で鳥が鳴くなどすると耳が微かに震えた。

夜なのか明け方なのか、とにかくまだ辺りが暗い内に目を覚ますと、よく彼女が立てることことという音が耳に響いた。目を薄く開けてみると彼女が壁際を一心不乱に往復している様子を眺める事が出来たが、彼女は微妙な息づかいの変化からか私が目を覚ました事を敏感に察知し、突然ぴたりと静止してそこから私の顔をじっと見つめてくるのだった。そういう時我々は完全な静寂に包まれ、張りつめてはいないが清潔な空気の中でただ見つめ合い、互いに一方通行の心地良い意思が交わされた。

彼女は結局三ヶ月ほどで死んでしまった。ある日職場から帰宅すると部屋の隅で手足を伸ばして横たわっており、その完全な弛緩を見れば、すぐにそうと分かった。分かったものの私にはどうすれば良いのか分からず、彼女の身体を寝床に移し、日常生活を営もうと試みたものの事ある毎にそわそわと彼女の死体に目をやる事になり、その度に首の後ろ、頭との境目あたりが痺れた。彼女の死体をどうしようと思い、それから彼女は変わらず彼女であるはずなのに、死んでしまった途端に主体が彼女から死体に移り、死体を彼女ではなく（彼女の）死体と自分が考えている事に気付いて戸惑った。

死んでしまうと彼女は彼女ではなくなるのだろうか。横たわる彼女を見て、なぜ彼女であったものというふうに認識するようになってしまうのか、それが謎だった。私は彼女そのものではなく、彼女の命を彼女として捉えていたという事だったのだろうか。命を失った彼女はもはや彼女ではなくなり、かつて彼女の容れ物だったものという程度の意味しか持たなくなってしまうのだろうか。たしかに弛緩しきった彼女を見て想うのは生前の彼女との生活や彼女の仕草についてで、亡骸そのものが私を悲しくさせているのかと問われてみれば、よく分からなかった。亡骸が記憶を刺激する事は確かだった。記憶が過去に留まり、それがこの先に接続する事は二度とないのだという感慨を呼び起こす事が私を悲しくさせるのは間違いがないのだが、死体そのものにその悲しみが全て内在し表出しているのかと言えば、そうとは言い切れない不思議があった。

私は死体の扱い方を知らなかったし、死そのものの扱い方も知らなかった。両親とは物心もつかない内に死別した。そしてよく分からない内に祖父母に引き取られ、優しい祖父母を大好きになり楽しく暮らしていたら、そう長い時間を一緒に過ごす事なくその祖父母も他界した。私が子供特有の謎の高熱に罹って入院している時に事故で逝き、私が退院した時にはもう葬儀その他一切が片付けられていた。家に帰りさえすれば大好きな祖父母に会えると信じていた私は結局帰ったところで大人が誰もいない家に帰される事はなく、そのまま叔父の家に移り住む事になった。

それからは先々の事情に合わせて様々な親戚の家を転々とし、両親と祖父母が私に残してくれた財産を後見人である叔父がやりくりしてくれたので大学院まで修了する事ができた。成人してから知った相続額は私が知るよりはるかに多く、どう甘く計算してみてもまだかなりの金が余っていたはずだったが、成人を機に渡された金は小遣い程度のものだった。しかし散々世話になっておきながら文句を言えた立場ではなく、私の存在のために被った迷惑の対価と考えればそれはそれで納得する事ができた。そういう訳で私は大人になり、自活するまでになったが、このように振り返ってみれば私にとって大切で、私の事を大切に思ってくれた人たちはいつも私のいないところで死んでいった。こんなふうに言えば感傷的すぎるが、実際そういった人たちの不在と真正面から向き合い現実的な悲しみに浸るという経験を迂回して私は大人になってしまった。

私は彼女の死をどう扱ったらよいか分からなかった。祥子さんがいれば相談する事ができたのにと思い、それから祥子さんが庭に植えた梛の事を思い出した。梛の根が傷つかない程度に間をあけて穴を掘り、そこに彼女の遺体を埋葬する事にした。

それからしばらく経った晩、彼女は現れた。夜中にことことという音で目を覚ました私はまどろみの中で懐かしい音だと思い、はっとして枕元の眼鏡を取って音のした方を見た。壁際を彼女がことことと微かな爪音を立てながら行き来していた。状況を理解できずに息を飲んでいると、彼女がぴたりと動きを止めて私を見た。聡明さを感じさせるあの目だった。ふと彼女が顎を上げて何か集中する素振りを見せ、すると地下深くを水が滲み冷たい土を浸しながら這う気配がはっきりと知覚された。その感覚に気を奪われ、気づいた時には彼女はもう消えていた。

翌朝、念の為に庭に出てみると、梛の根元にはこんもりと私が被せたままに土が膨らんでいた。その日から時折、とりわけ静かな夜に彼女は私の元に現れ、ある程度の時間を過ごすと姿を消すようになった。こんな事があるのだろうかと不安になったが、彼女があまりにも普通にやって来るのでこれはもうそういう事なのだと受け入れた。

私の教えている大学では午前と午後をそれぞれ専攻毎の実技と英語その他の座学に割り

振っており、一年生と三年生が午前に実技、二年生と四年生が午後に実技という配分で、使えるアトリエのスペースや講義室の座席数を確保していた。私の講師としての勤務は週に二日で、月曜日の午前と午後に短編の授業を一コマずつ行い、木曜日の午前と午後にも講座名は違えど実は内容はほとんど同じという授業を行った。水曜日の夕方と金曜日と土曜日には一日図書館で働き、火曜日と日曜日が主な休日だった。

授業で扱う短編は、授業日の三日前までに送ってもらう事にしていた。大学から割り当てられたアドレスに届くメールの内、件名に〔授業用短編〕とあるもののみ私用のアドレスに転送できるように設定してあり、提出時には必ずそう記すように伝えてあった。

私はそれを読んだ後、二日の間に添削等を準備し、当日に大学の事務室で履修生徒の数だけプリントアウトした。短編とは言っても小説に限らずどんなものでも構わないというスタンスで、唯一の約束事としてA４一枚に収まる程度の長さにする事としていたが、送られてくる短編はおおよそA４紙の三分の一から二分の一程度のものだった。前期と後期で生徒を入れ替えて授業を行ったが、一年間の内に必ず一人は既存の作家の短編の一部を送りつけてくる者がいた。あまりにも有名な作品をそうと知らずに使ってしまうか、あまりにも英文が熟《こな》れすぎているので読めばすぐにそれと分かった。また、そういう生徒は自分で提出したはずの英文の細かな点を尋ねると、しどろもどろになるか、何となくそうしただけという以上の説明をせず、そして次回から顔を出さなくなるのだった。どうしても短編が思い浮かばない場合は自分が好きな作家の小説やエッセイを英訳しても良いとしていたが、その選択肢を採る生徒は今まで一人もいなかった。

せっかく三日前までに提出と期限を設けているのにもかかわらず、仕事の前後ではあまり集中する事ができず、送られてくる短編は習慣的に月曜日の分を日曜日に読み、木曜日の分は火曜日に読んだ。どちらかというと日曜日よりも火曜日の休みの方が捗った。日曜日と違って休日としている人の数が少なく、何をするにも自分のペースで行う事ができるというのもその理由の一つかもしれなかった。

午前中に木曜日の午前に行う分の短編を読み、あれこれ必要な事を考えたり調べたりと準備をし、早めの昼ご飯を食べると少し休んだ。読書や日常のこまごまとした用事を済ませ、夕方が近くなると歩いて藍の湯に向かった。

藍の湯は古典的な外観に反してと言えば失礼にあたるが掃除の行き届いた清潔な銭湯だった。利用客も行儀がよく、洗い場に無人の椅子と桶が放置されている事は滅多になかったし、脱衣所の床も常に乾燥しており好感が持てた。マナー喚起のポスターが貼ってあるものの、汗が引くのを待つ間の暇潰しに眺める以上の役目を負う必要がなかった。

お湯は地下水を汲み上げて沸かしたものを使用しているとの事で、どことなく肌触りがやわらかいような感じがし、椅子をずらすのや桶を床に置く時の、豊富な湯けむりに反響して鳴るあの独特の高い音にもどこか丸みを感じられるのが心地よかった。お湯は熱めで身体を沈めると自然に歯をくいしばる形になるが、一度浸かりきってしまえば不思議とすぐに慣れてしまい、広い湯船に手足を投げ出し腑抜けになってカビ一つない清潔な天井を見上げながら指先や腹の周りなどが痺れてゆくのに身を任せるのは至福だった。早めの夕食時だからか私以外にはまだ客がおらず安心して息を長く吐き出しながら脱力の限界に挑んでいると、一組の父子が脱衣所に入ってくるのが見えた。男の子は小学校低学年といった年頃で、父親の方は私と同じかもしくは少し若いかもしれなかった。親子は脱いだ服を一緒のロッカーに入れてゆき、少し早く支度の終わった父親は男の子が服を脱ぎ終わるのを眺めていた。男の子の脱ぎ方は少し変わっていて、下から順に脱いでゆき、下半身が丸裸になった後で最後にTシャツを脱いだ。父親の方はまず靴下を脱いだ後は上から脱いでおり、もしかしたらあの二人はべつに親子ではないのかもしれないと思ったが、脱いだTシャツに引っ張られて変になった男の子の前髪を一見雑に見えるほど手早く整えてやっているのを見て、やはり親子なのだと思った。あんなふうに子供の頭を無造作に整えてやる事など私に出来るとは思えなかった。

親子は連れ立って風呂場に入ってくると、隅の方の桶と椅子の置き場になっているところに向かい、父親が桶と二人分の椅子を取るのを男の子は行儀よく待っていた。男の子は石鹸やシャンプーのボトルの入った袋を持ってどことなく後ろ体重で背中のカーヴが際立つ立ち方をしていた。背中が弓なりなのに合わせて胸から腹までが膨らんで見え、脂っけがなく、薄い皮膚の内側に内臓がぎっしり詰まっているのを感じさせた。

親子は洗い場の中程に並んで腰掛け、父親が桶にお湯を注いだ。お湯と水の二連式の蛇口で、父親が赤と青の丸いボタンで小気味好く量と水温を調整し、それを頭からざぶりと浴びると同じ事を二度繰り返した。父親はシャンプーを適量手に取り簡単に泡立てると自分の頭になじませていった。私はおや、と思った。こういう時に父親はまず子供を洗ってやるものと思い込んでいたらしく、それで何となく虚をつかれた思いがしたのだった。男の子は椅子にちょこんと座って何も言わずじっと父親の頭が泡立ってゆくのを見つめていた。父親は男の子をちらりと見ると、よく見ておくんだぞ、と言った。

「生涯洗うんだからな」

男の子はほんの小さく頷き、より一層慎重に父親の手の動きを見つめたようだった。

私は、そうか、と思った。そうか、生涯洗う事になるのか。そう考え入りながら男の子を眺め、そうしている内に段々と両手両足の指先の方からピリピリと熱さがぶり返してきたので潮時と立ち上がった。浴槽が波立つ音が響いて男の子がちらりとこちらを見やったが、すぐ父親の洗い方に目を戻した。私は立ち眩《くら》みに強く目をつぶって耐え、血液の正常な循環の回復の気配を待ってから浴槽のヘリを跨《また》ぎ、そこに少し腰掛けて身体を落ち着けた。お湯から出た途端に身体中から汗が噴出するのにしばらく身を委ね、それから桶を取り洗い場に戻って水を溜め、僅かにお湯を足すと身体の表面の火照りが取れるまで頭からかぶった。

風呂場から上がって体を乾かし、鏡の前に座って機械に十円を入れると作動するドライヤーを使って手早く髪を乾かした。ある程度乾かすと鏡の中でチラリと光るものが見えた。その辺りの髪の毛をかき分けてみると、前頭部の一箇所からまとまった白髪が生えている事に気がついた。本数としてはなかなかのもので、しかも密集しているので存在感があり、今の今まで全く気がつかなかった事に驚いた。そして一度気がついてしまうともうどの角度から鏡を覗いてみても強烈に目についた。私は思い切って左右の分け目を変えてみる事にした。そうすると見慣れぬ印象の髪型に若干の違和感を覚えるものの、白髪は隠れて見えなくなった。

藍の湯を出ると、路地から出てかろうじて二車線を保つ道路を渡ったところにある贔屓《ひいき》の中華料理屋に入った。L字のカウンターと奥にテーブル席が一つあるだけの小さな中華料理屋で、中華料理とは言っても主力選手はラーメンの系統だった。すっきりと綺麗なスープにもっちりとした麵は懐かしく、筍やチャーシューは味わい深い。かいわれがちょこんと添えられているのが嬉しかった。週に一度、藍の湯上がりにこの店でビールを一瓶とラーメンで夕食とするのを私は何よりの楽しみにしていた。

午後の分の短編は、家に帰ってから読んだ。送られてきていたメールを確認すると、件名には〔授業用短編　水野まひる〕とあった。授業では机をロの字にして名簿順に着席してもらっており、短編の発表も名簿順であるため学生はこちらが指示しなくとも自主的に提出をしてくれる。そのため名前を見てもすぐに該当する学生の顔が思い浮かばないという事が少なくなかった。メールには、タイトルが思いつきませんでした。という冒頭に続いて英文が始まっていた。ざっと全体に目を通し、どうやらオリジナルのようだと安心すると、一度台所に行って珈琲を淹れ、マグカップになみなみと注いでから改めて読み始めた。

学生の書き方は大きく分けてまず日本語で書いてから自分で英訳をするやり方と最初から英文で書き始めるやり方の二通りで、別にどちらが良いという事もないのだが水野さんはどうやら後者のようで、どことなく英文の中で悩みながら書き進めている気配があった。比較的書きやすいのかエッセイか詩を提出する学生が七割ほどで、おそらく小説であろうこの作品は私の興味をそそった。テキストは、〔He was looking at this side.〕という一文から始まっていた。どことなく抽象的な文章で、それが英語に対する不慣れなのか文章を書く事への不慣れなのか、それとも狙い澄ました想定通りの効果によるものなのかすぐには判断がつかず取り敢えず保留とした。この無題の小説を簡単に訳すと、このようになりそうだった。

彼はこちらを見ていた。ごく細い川の対岸からこちらを見つめ、しばらく見つめると項垂《うなだ》れた。やがて顔を上げて一度空の方をちらりと見、またこちらを見つめた。

私は彼に手を振ってみた。彼は驚いたような顔をし、こちらに一歩踏み出した。あと一歩踏み出せば、彼の足は川を横切る。川は本当に細くて、彼のかかとからつま先までの方が長かった。彼は足を踏み出そうとした。あまりにも真剣な顔で私はちょっと怖くなった。足が川に触れようとした時、彼は動きを止めて振り返った。彼の背後には空が広がっていた。少し曇っていた。西の方には分厚い雲が浮かび、這うようにゆっくりと私たちのほうに向かって近づいて来ているように見えた。雲なのに這うというのは妙な表現だと思った。もうあと一、二時間もすればここにも雨が降ってもおかしくないと思った。

視線を戻すと、彼は消えていた。驚いて足下を見ると、そこに流れているはずの川も消えていた。それから思いがけず、消えたのは私の方だと分かった。

興味深いのは〔and〕の異常なまでの多用だった。あえて〔and〕を訳さず省略したが、例えば〔He was looking at this side.〕に続く二文目では冒頭から用いられ、〔And he stared at this side from the opposite bank of the very narrow river.〕となっていた。この冒頭の〔And〕は必要なのだろうかと疑問に思うのだが、この後にもこのように存在意義の怪しい〔and〕は頻出し、文法的には省略する事が可能な語とはいえ文学的に用いているのであればその効果を見極めなければならないし、そもそも省略以前に本来不要と思われる箇所にまで徹底して〔and〕をねじ込んでいる以上、これには英語への不慣れという範囲を通り越した作者の意図を感じざるを得ないという気持ちになってくる。ではこの〔and〕は何のための〔and〕なのか。それはこれが何について書かれた物語なのかによって変わってくる。

これまでの経験上、学生の提出作品の中で比較的多いのは雰囲気重視型だった。抽象的なシチュエーションに抽象的な言葉と出来事を重ね、なんとなく雰囲気のあるものを作り上げるというもので、そこで何を描きたいのかというと、それは雰囲気だ。美大の学生というのはそういった抽象的な雰囲気小説を書かせると結構うまく、なおかつ表現者の卵という事もあって結構言葉に対する反応も良く、ごく短い短編という形式も手伝ってなかなか面白く読めるものが提出された。また、年代なのか大学の特徴なのかは分からないものの傾向として雰囲気を作り出すという制作方式と作品が好まれている節があり、それは彼ら本来の専攻の制作物からも感じるところだった。

もしもこの作品もまた雰囲気を作り出すための文章であるのならば〔and〕の多用もそういった一種の違和感、一種のムードを作り出すための装置であると捉える事もできるだろう。しかしこの小説には抽象的な雰囲気を帯びながらもどこか具体的なモチーフについて書いているような気配があった。〔彼の足〕が川よりも長いという点にも興味をそそられる。例えば〔彼の足〕を仮に二十七センチだったとして、それ以下の幅の水の流れを果たして川と呼ぶのだろうか。しかし作者はこの水の流れを〔river〕と呼び、〔彼〕が立っているのを〔opposite bank〕つまり〔対岸〕として、〔私〕と〔彼〕の立ち位置が明確に隔てられている状況に言及している。〔私〕は雲が這うように二人の立っている場所に向かって近づいて来ているのを眺め、もうすぐこちらも雨になりそうだと思った後にやはり〔and〕を挟んで唐突に自分が消えてしまった事を自覚するが、何故そう思ったのだろうか。私は〔思いがけず〕というふうに訳したが、作中の主人公がその自覚を〔unexpectedly〕という、予期しない時に対象が現れる際に用いられる語によって語っているのが興味深かった。

これを失恋に関する物語と結論付けてしまうのは安直に過ぎるだろうか。〔川〕は二人の間に生じた関係性の溝であり、しかしそこに水が流れる余地のある状況に照らせばまだごく浅い溝だ。その溝は〔彼〕の足長にも満たないため、踏み越えようとすれば容易だが、〔私〕は彼の一歩は川を越すのではなく横切ると予想し、しかし実際には越す事も横切る事もなく〔彼〕は振り返る。そこには暗雲が垂れ込め、こちらに近づいて来る。これは恋愛関係に文字通り水を差す不吉な気配を帯びてやってくる。実際〔私〕はここにも雨がくると予想する。雨は川幅を広げ、それほど細い川であれば決壊させるのは容易だろう。そして〔彼〕は姿を消し、〔私〕は自分という存在価値が〔彼〕の前から消え失せた事に気づく。であれば冒頭で〔私〕が〔ごく細い川〕であると認識していた川の実態はすでに取り返しのつかない程の亀裂であり、〔川〕はもはや〔川〕などと呼べる代物ではなくなっていたのだ。それなのに無邪気に手を振る〔私〕に〔彼〕は〔驚いたような顔〕をする。このように解釈してみると少し切ない物語であるし、〔and〕が繰り返される事にも〔私〕の言い訳がましい語りが滲み出て来て、それを強調するための効果として用いたのだとすれば頷けるのではないだろうか。

こんなふうに提出された短編についてじっくり思いを巡らせたのは久しぶりの事だった。

就任当初は送られてきた作品に対してたっぷりと時間を使って検討を重ねたものだったが、慣れもありどうしてもざっと目を通し、文法的な誤りなどをチェックする程度の労力しか割かなくなっていた事に改めて気づかされた。賃金を頂く以上しっかりと学生のためになる事をしようと心掛けていたはずなのに、いつのまにか自分の興味を基準に仕事に臨むようになってしまっていたのだ。私は遅きに失すると自覚しながらも、一度閉じてしまっていた午前の分の短編にも改めて目を通した。

水野まひるは薄い顔立ちにショートカットの小柄な学生だった。飾り気のないTシャツの肩は薄く、ベージュのチノパンは簡単に折れてしまいそうなほど危うい脚を包んでいたが、不思議と不健康な印象は抱かせなかった。授業開始のベルが鳴るのを待ってから全員に短編を配り、平常通りまず作者本人に朗読してもらった。水野さんの声はか細く、緊張のため時々掠れて響いた。朗読が終わると十五分ほど全員が読み込む時間を設け、その後に感想の発表や質疑応答を行った。小説の形式で提出される作品が珍しい事もあり、なかなかに盛り上がりのある意見交換が行われた。あまり核心をつくような質問は出なかったが、授業の終盤に差し掛かった頃やはり件《くだん》の〔and〕が気になったという学生が、どうしてこんなに〔and〕が多いのかと尋ねた。水野さんは質問を受けて首をかしげ、そのまま

少し考えるように黙ったあとで、

「一つひとつの動作の間に生じる間と、それから不確かな感じと言うか、そういった感じを表現したくて」と、答えた。

私はその〔不確かな感じ〕というところについてもっと聞きたかったが、別の学生が〔彼〕の足のサイズはいくつかと尋ね、二十五・五という答えが返り、その微妙な塩梅に笑い声が生まれたところで授業終了のベルが鳴ったので質問をするタイミングを逃してしまった。

学生たちが退出してゆくのを見送りながら書類をまとめていると、水野さんがやって来て緊張を感じさせる面持ちでぺこりと頭を下げた。

「ご苦労様」と、私は言った。

「ありがとうございました。あの、短編のタイトルをつけないで提出したら、評価に関わりますか」

私はちょっと考え、そんな事はないと答えた。水野さんはホッとしたように表情を和ませると、「実技だと、無題ってすごく怒られるので」と、言ってもう一度頭を下げてから立ち去ろうとした。

「ちょっと良いかな」

「はい」

立ち止まり振り返って返事をした水野さんは声をかけられた事を意外に思っている様子だった。私が授業後に学生に声をかけるところを見た事がなかったのだろう。実際私はそういった行動をあまり取らない方だったし、授業中も講義とファシリテイトに徹して雑談めいた事をほとんど言わないので、とっつきにくいと言うか面白味のない講師だと思われていてもおかしくはない。そしてまた、そういった人間ではないと弁解する材料も特に持っていなかった。

「発表してくれた短編、どれくらい時間かけて書いたの」と、私は尋ねた。

水野さんは首をかしげ、自分の記憶をたどるように少しの間黙ると、一ヶ月くらいです、と答えて私を驚かせた。まさか一般教養の授業の提出物にそれほどの時間をかける学生がいるとは思っていなかった。せいぜいかけても一週間。十五分くらいという事も考えられる。そんなふうに思っていたのだ。

私が思わず言葉を失っていると、水野さんは苦笑いを浮かべて、かけすぎですよね、と言った。

「あれこれ考えていたら、なかなかまとまらなくて。書いても気に入らなくて何度も直してしまうので。実技でも同じで、みんなみたいに課題をあっさり仕上げられないんです。

だけど完成した作品はいつもあっさりしてるねって笑われます」

なんだか私まで笑ってしまった。それを見て水野さんが一瞬少し傷ついた表情を覗かせたので、そんなふうには思わなかったと言った。実際気になるところが多々あったものの、悪い意味であっさりしているとは全く思わなかった。水野さんは不意をつかれたように眉を上げ、目を輝かせた。分かりやすい子だと思い、心の中で微笑んだ。

「さっき不確かな感じを表現したくてandを多用したって言っていたよね。それについてもう少し聞きたかったんだけど」

「自分でもうまく表現できないんですけど」と、水野さんは前置きした上でまた首をかしげ、目を伏せた。薄い瞼の内側で眼球がコロコロ動いているのが見えた。やがて目を上げると、「主人公の記憶の不確かさというか、意識の不確かさというか、そういった事を自覚しながら一つひとつを確認するみたいに説明しようとしている感じを出したかったんです」と、言った。

一つひとつを確認するみたいに、と頭の中で反芻し、その言葉が胸に馴染むのを待ち受けた。廊下から学生が講義室を覗き込んでいるのに気づいて視線をやると、水野さんも私の視線につられるようにして振り返った。先ほどまで授業に参加していた学生だった。

「あ、ごめん」と、水野さんが言い、ちらりと私の顔を窺った。私は慌てて時間を取らせてしまった事を詫び、退室を促した。水野さんはまたぺこりと頭を下げると出て行った。私は退室する背中に、また来週、と言って二人が頭を下げて去ってゆくのを確認すると、片付けかけた無題の短編に目を落とした。二十五・五センチの〔彼〕の足を以って塞がれる程の川を挟んで〔彼〕と対峙した過去の出来事を〔私〕は振り返り誰かに説明している。とすればたしかに過去形で書かれたこの物語は〔私〕が語っている時点から記憶が薄れる程の時間を遡って起こった出来事だという事なのだろうか。

記憶という言葉について考える時、私の脳裏に浮かぶのは祥子さんの顔だった。祥子さんは書道で師範の腕前を持っており、十五年ほど前までは小学校から高校までの非常勤講師として書道の授業を受け持っていたらしかった。学校教育現場から身を引いた後も、その物言わぬ波風立てない性格が幸いして地域の学校から定期的に依頼を受けていた。講師としてではなく書道家としての依頼で、毎年の行事毎に授与される賞状を書くというものだった。運動会や文化祭といった行事の場合は複数の学校の実施日が重なったとしてもそう大変な数にはならなかったが、何よりも大変なのが卒業式のシーズンで、一学年分の卒業証書を小学校から高校までそれぞれ複数校分書くのだからその量は膨大だった。毎年師走も中ほどという頃に各校から予備分を含めた証書と一学年分の名簿が送られて来て、それから大晦日と三が日以外は休む間も無く机に向かって書き続ける姿は圧巻で、ある年を境に私は時間を見つけて祥子さんが書いた証書を乾かす手伝いをするようになった。書きもの机は小さく、毛筆で書いた証書は乾くまで重ねる事ができないため一枚書いたらそれを机からよけてゆくという作業が必要で、これを一人でやっていては時間が掛かるしその度立ったり座ったりと繰り返すのはさすがに膝への負担が大きく単純な身体の疲れよりもそちらへのダメージの方が深刻で、見かねた結果お手伝いをする事になったのだった。

祥子さんの傍に立ち、一枚書き上げる度に新しい証書と引き換えに受け取り、それを順番が狂わないように部屋の隅から順に証書同士が決して重ならないように、しかし余計な隙間があかないように心掛けながら畳の上に敷き詰めてゆき、また受け取りに戻るという繰り返しだった。

祥子さんが仕事をするのは居間で、普段は襖で仕切られている隣の寝室が証書を並べる部屋になっていた。十二畳の和室は大変広く見えたものの、祥子さんが仕事を始めるとすぐに畳の上は証書で埋め尽くされ、すべて埋め尽くされた頃にははじめに並べたあたりの証書の墨が乾ききっており、それらを順番通りに重ねてゆき、六畳ほどスペースを空けるとそこに新たに書かれたものを並べてゆき、また埋め尽くされると残り半分を回収してまたスペースを空けるという作業の繰り返しだった。何度もなんども十二畳が証書で埋め尽くされても学校から送られてきた証書の束が減る気配は全くなく私は途方に暮れたが、祥子さんはただ坦々と筆を進め、約束の日を決して過ぎる事なく全員分の卒業証書を書き上げてしまうのだった。返送する学校毎に包装した段ボールは廊下に積み上げられ、受け取りに来てくれた配達業者の作業員によって次々と運び出された。やがてすっかり片付けられると祥子さんは手を両腰にあて、清々しい目で空っぽの廊下を見つめた。私はそんな祥子さんを眺めながら、一体この仕事でどれほどの収入を得るのかは分からなかったが、毎年祥子さんが楽しみにしているのはこの瞬間なのではないだろうかと思った。

ある日祥子さんの家で一緒に昼食をとり、食後のお茶を飲んでいる時だった。私は開け放った障子の向こうの庭を眺めるでもなく眺め、祥子さんは新聞を読んでいた。祥子さんは朝刊と夕刊をそれぞれ違う新聞社から取っていて、朝刊は昼食後に、夕刊は眠る前にたっぷり時間を使って隅から隅まで読むのを楽しみにしていた。しばらく物音ひとつ立てずに新聞に目を落としていた祥子さんが、

「あら」と、言った。

私は何か面白い記事があったかと祥子さんを振り返り、口を開くのを待った。祥子さんは面白い記事や私が面白がりそうな記事を見つけるとその部分を朗読して聞かせてくれた。それで私はそのまましばらく待ったが祥子さんは全く顔を上げる気配がなかった。不思議に思って立ち上がり祥子さんの背後から新聞を覗き込んだ。文化面のページだったが、祥

子さんが具体的にどの記事に目を落としているのかは分からなかった。老眼鏡をしないので、顔から紙面までの距離が遠いのだった。

それで仕方なく端からどんな記事があるかと読んでゆこうとすると、祥子さんが、「この子」と、言って文字を指でなぞった。

絵画の部　文部科学大臣賞受賞　中島《なかじま》　聖《こうき》さん（27）

祥子さんがなぞったのはその部分だった。その横に三センチ×四センチほどのおそらく風景画と思われる絵の写真が添えられていた。祥子さんはしばらく名前の部分を撫でると立ち上がって戸棚から紙の束をとり、その中から数枚取り出すとテーブルに戻ってきた。それは九年前に送られてきた数校分の卒業者名簿だった。中島聖さんの名前はすぐに見つかった。

「この子。聖って書いて、こうきって読むのよね。そう、頑張ったのね」

つぶやくようにそう話す祥子さんの目は優しく若干潤んでいるように見えた。知り合いだったのかと尋ねると祥子さんは首を横に振り、六年間に三度も名前を書いたのよ、と言った。

賞状書きの仕事を手伝うようになってから私はそれまで知り得なかった祥子さんの様々な一面に驚かされた。それは達筆さであり忍耐強さであり、恐るべき体力という面においても確かにそうなのだが、何よりも私が驚いたのはこういった事だった。三度書いたとはいえそれは六年間での三度であり、なおかつ最後に書いたのは九年前なのだ。それなのに祥子さんはその名前を確かに記憶しており、まるで身近な人間が活躍をしたかのように喜んだ。また、そういった事はこの一度ではなく、一度書いたきりの、それもたいして珍しくもない人の名前であっても何かの活字で目にするとすぐさま思い出すのだった。毎年あれだけの数の名前を書き、流れ作業のようになってもとても責められないのに、坦々と書いていているように見えてその実その一人ひとりの名前をしっかり胸に刻み、卒業を祝い、今後の活躍を期待しながら筆を走らせていたのだと思うと胸が詰まった。祥子さんがその後嬉しそうにその記事を切り抜き、スクラップブックに収めて事ある毎に眺めていたのを私は何度か見かけた。

記憶というものはそもそも不確かなものに思えるが、何かのきっかけさえあれば強固に定着し、その結果第三者を驚かせる事もあるのだろう。祥子さんの場合は書する事がそれだ。それでは水野さんの書く〔私〕はどうだろう。あえて語り直そうと思うほどの記憶なのだからある程度大切な出来事だったのだろうと思うのだが、一つひとつを確認しながらでしか語れないところを見ると、そういった一種の記憶術のようなものを持っていなかったのかもしれない。もしくは、実はそれほど重要な記憶ではなかったのだろうか。

大学の前の停留所で降りずにバスに乗り続けるのは初めてだった。バスは大学の外周に沿うように走るとやがて大きな道路の流れに乗り、幾つかの停留所で客を乗せたり降ろしたりしながら大学から十分ほどで終点である駅に到着した。駅前のロータリーは広々としており、駅の為というよりは隣接するスケート場のために整備されているようだった。

駅舎はこぢんまりとしたプレハブ建てで、ホームにはあまり人がいなかった。空いた電車で二駅分揺られる間に車窓からの眺めが随分緑豊かになった。キャベツがぎっしりと並ぶ畑の向こうには本物の小川が流れており、そのさらに向こうには小規模ながら青々とした森が広がっているようだった。改札を出ると畑や小川があるのは反対側で、派手さはないもののそれなりの賑わいのある駅前で、飲食店やこまごまとした商店が住宅街に続いていた。

手書きの地図を頼りに十分程度歩いた。公園のある通りを右に折れると両脇に住宅が並んだ二百メートルほどのまっすぐな道があり、突き当りが結城税理士事務所だった。数日前税務署から提出した確定申告書に不備があったとの葉書が届き、それ程たいした間違いではなく、そもそもの稼ぎが微々たるものなので追納する金額もその程度だったが、追納と同時に提出し直さなければならない書類があり、その書類に添付する書類も用意しなければならなかった。そういった作業の一つひとつは単純でも、それが合わさると途端に複雑に思え、しっかりやったつもりでもまた不備があったら余計に追納しなければならなくなるのだと思うと不安になった。

それで、職場で基礎法学を担当している先生に相談を持ちかけたところ、大学時代の同期だからと紹介されたのが結城税理士事務所だった。相談に乗ってくれた先生は私と同じような年頃で、という事はその税理士の先生も私と同じような年代である可能性が高く、であればあまり緊張せずに相談する事ができそうだと思った。

一戸建ての一部を事務所としているようで、建物の正面には生活用の玄関と事務所用の玄関が並んでいた。呼び鈴も二つあった。生活用の玄関のドアの右手には車一台分のガレージがあり、その脇を綺麗に整えられた小さな植木が囲んでいた。事務所は小さめの講義室ほどの大きさで、奥の壁は資料や書類がぎっしりとつまった書類庫で埋められており、デスクが二組向かい合わせになっていて、広くとられた窓際には上品な応接セットが設けられていた。

結城先生は私にソファーを勧めると自分も向かい側の席に着いた。予想通り私と似た年代の男性で、細身にかかわらず柔和な印象を与える人だった。

「遠かったのではないですか」と、結城先生が言った。少し鼻にかかった低めの声だった。

「いえ、初めて来るところなので面白く歩きました。駅の向こう側とこちら側とで様子が違うんですね」

「以前はこちらも同じような風景だったんですよ。駅前の商店なんかは昔からあるんですが、八〇年代に入ってから行政がベッドタウン化を狙って住宅地を増やすようになったんです。向こう側は市が違うので音頭がうまく取れなかったみたいで。子供の頃はよくあの辺りで川遊びをしました。誰が放したのかグッピーがたくさん泳いでいましたよ」

「ずっとこちらなんですね」

「いえ、祖父母の家なんです。だから休みの度に遊びに来ていました。この事務所も、もともと祖父母の物だったんです。私はただ遺されたものを引き継いだだけで。書類はお持ちですか」

私は鞄から税務署から送られてきた葉書と用意した書類を出して一度自分で確認してから手渡した。結城先生は一つひとつに丁寧に目を落としながら確認してから顔を上げて、これで問題ありませんよ、と言った。私はほっとしたのと拍子抜けしたのでなんと言ったらいいのか分からず息を吐いてまばたきをした。結城先生は気の抜けた私の表情を見て少し笑い、照れ隠しに私も笑った。それから礼を言い今日の料金を尋ねると、結城先生はいらないと答えた。

「別に何も仕事をしていませんから」

私は驚いてそんな事はいけないと言ったが、自分の収入を知られている事もあって結城先生に重ねて断られると支払う余裕があるとは言い張れず、そのかわり毎年の確定申告をお願いするという事で妥協点とした。微々たる収入に関わる税金についてだとしても、頼る事のできる相手がいるという事は私にとって大きな安心だった。出してもらったお茶を飲みながら話したところ、事務所の顧客は主に飲食店との事だった。仕事はかなり丁寧にやっているようだったが、あまり営業上手な印象を受けない人で、そういった背景もあって私の申し出は喜んでもらえた。

私がそろそろ暇《いとま》を告げようとソファーから腰を浮かせかけた時、結城先生はハッとしたように顔を上げ、茗荷《みょうが》お好きですか、と言った。

「茗荷ですか?」

「はい。あれは好みが分かれますが、どうですか?」

「好きです」と、私は正直に答え、しかし何故、と思っていると結城先生がぽりぽりとこめかみを掻きながら苦笑いを浮かべ、すごいんです、と言った。

確かにすごかった。一度外に出てから家を回り込むようにして案内された庭の地面からは無数の茗荷が顔を出していた。茗荷が土から生えている姿を見るのは初めてだったが、小さくした筍のような見た目のそれは、ちょっと数えられないような数で、群生する様はギョッとさせられるものがあった。

「これは」と言って固まる私に結城先生は困り果てた顔をした。

「駅からの途中にお寺さんがあったでしょう」

私は記憶を辿り、公園の角を曲がる前に寺の前を通り過ぎた事を思い出し頷いた。

「あのお寺さんはうちのお客さんなんですが、檀家さんからたくさん頂いたからと言って去年茗荷を一袋分けてもらったんです。独り身なので一袋は消費できなくて。だからと言って捨ててしまうのも憚《はばか》られたので面白半分で二、三本植えてみたんですよ」

「二、三本ですか」と、私は思わず尋ねた。

結城先生はまた心許ない様子で苦笑して頷いて、二、三本です、と答えた。

「それがこんなふうになってしまって。唖然としましたよ。植えたそばからぐんぐん茎みたいなものが伸びていってもう鬱蒼としてしまって。それがどんどん増えて広がっていくんです。このままでは収拾がつかなくなると怖くなったので、ある朝思い切って茎を刈ってみたんです。そうしたらこんなに、こう、にょきにょきと」

その朝の出来事を回想しながら話しているだろう結城先生の顔は唖然というよりも呆然

といった面持ちで、眼は遠くを見ていた。

「そういう訳で、もしご迷惑でなければお譲りしたいんです。まだ七月にもなっていないので夏茗荷と呼ぶには少し早いですが、初夏茗荷ということで」

「初夏茗荷ですか。いいですね。今年は雨もなかなか降らないんで茗荷の方でも生える時期を勘違いしたんでしょう。ありがたく頂戴します」

パッと結城先生の表情が明るくなった。それでは少々お待ちください、と一度姿を消し、ビニール袋を手に戻ってきた。

結城先生は茗荷畑の傍にしゃがみ込むと茗荷の土から出ている辺りをつまみ、野球選手がカーヴボールを投げるみたいにスナップを利かせて素早く手首を捻った。その思い切りの良い動作の割に控えめな、ぷちっ、という音とともに茗荷が収穫された。

「そんなふうにして採るものなんですね」と、私が感心して言うと、結城先生はびっくりしたように私を見上げ、いや、知りません、と言った。

「何となくやってみただけです。この前たまたまこうしてみたら採りやすかったので」

少し困ったような結城先生の顔を見て、私は何だか気が緩むのを感じた。隣にしゃがみ、茗荷の根本を摑んでスナップを利かせてみると確かに採りやすく、先ほどと同じ、ぷちっ、という音が指先を通して鼓膜に響き心地が良かった。茗荷は薄緑がちで、ぷっくりと膨らんだ腹は張りと弾力が適度にあってイルカのようなツヤのある水生動物の身体を思わせた。土いじりは楽しく、祥子さんの家の庭仕事はほとんどしなかったが、祥子さんと一緒にもっとすれば良かったと思った。とにかく夢中になって二人でぷちぷちとやり、ビニール袋がいっぱいになるのはあっという間だった。

帰り道、駅を通り過ぎて踏切を渡り、かつて結城先生が遊んだという川を見に行った。二十五・五センチとまではいかないもののどこか遠慮がちな規模の川だった。川べりには草花が生い茂っており流れは緩やかで、そっと手をくぐらせてみると水はひんやりと気持ちが良かった。グッピーがいるかと目を凝らしてみたが、そういった影は見当たらなかった。はしゃいだ声が聞こえてそっちの方角を見てみると、私が立っているよりも少し下流の方で小学校中学年くらいの男の子たちがむき出しのふくらはぎを川にさらしながら遊んでおり、小さな虫かごを水面に差し入れては引き上げるなどしているところを見ると、やはり今でも何かしらの水生生物が生息しているようだった。

図書館での仕事は主に資料の収集と整理だったが、去年から三ヶ月に一度のペースで英米文学を紹介する特集を担当する事になった。私の働く美大の図書館は一昨年まで芸術分野の図書のみを扱う小規模なものだったのだが、建築畑出身の教授が学長に就任した記念として学長が設計した図書館が新設される事になり、それをきっかけとして他分野の図書も積極的に所蔵する方針となったのだった。

そういう訳で私が専門の英米文学の収集を担当し、年に四回テーマを設けて特集を組む事になった。はじめは美術大学においてどのような文学を集め紹介するのが的確なのかよく分からず、やはり美術や芸術を扱ったものにこだわるべきかとも思った。しかし、せっかく他分野に開くという方針転換がなされたのだからと開き直り、まずは楽しんで読める物と制約を設けはしたものの、基本的には個人的な趣向を前面に出した収集を行っていた。前回は『デイヴィッド・コパフィールド』を中心としたディケンズの特集を組み、なかなかの好評だった。図書館によく遊びに来てくれる油絵科の学生にPOPのイラストを依頼したところ提出されたのは見事に憐れを誘うコパフィールドの姿で、コピー案として添えられた、〔ボロ切れ一枚だけだった〕も良く、そのまま採用させてもらった。私の方でも簡単な解説文を書き、それらをデザイン科の生徒に託すと完璧なレイアウトで返してくれた。実際にこのPOPの人気は高く、だから前回の特集の成功には私が力を尽くさず他力本願な姿勢でいたところに秘訣があったようだった。

また、POPにはデザインを邪魔しない程度の位置と大きさでレイアウトとイラストそれぞれの制作者の名前を入れてもらっており、そうする事によって学生の方から次回のPOPをやらせてもらいたいという問い合わせが寄せられるようになった。

こういった申し出は大変ありがたかったのだが、次回の特集開始まで一月《ひとつき》あまりという今になってもどの作品を特集するのか決まらず弱り切っていた。前回は一応ディケンズという作家に焦点を当てた特集を組んだが別に毎回作者に焦点を当てている訳ではなく、例えば猫の登場する小説とか、登場人物が三人以内の小説といった特集の組み方もしていたし、一冊だけを紹介するという時もあった。もしもイラストやデザインを依頼するとなればその制作時間も考慮に入れなければならないし、依頼される方からしても物語の登場人物や梗概だけ与えられるよりも出来れば実際に自分で読んでから取り掛かりたいだろう。

所蔵されていないものを特集するのであれば注文をしなければならないし、そう珍しい本を選ぶ気はないので注文さえすれば一週間以内には届くとは思うが、注文となれば予算に関係してくる以上、実行に移すには要望書を用意して主任司書を筆頭に幾重ものチェック機関を通過させなければならず、こちらは一週間では利かなかった。そういった段取りを考えるともう時間的な余裕がない状態で、もういい加減に決めてしまわなければと内心焦っていたものの、元来の怠け者である私は日常生活や業務にかまけて手をつけないまま時間だけが流れている状況だった。

図書館での勤務時間が終わり、学生食堂で夕食をとりながら、さてどうしたものかとぼんやりしていると、こちらに近づいてくる人影があった。食堂のテーブルは一辺に十六人が座れる長いテーブルで、それが等間隔に七本並んでおり、他にも窓から外の景色を眺める事ができるように壁に沿ってカウンター席が用意されていた。八時を回って人影もまばらなため動いている人がいると目立つ。そのうえ奥の端の席についていた私の方にまっすぐ向かってくるので見てみると、あの時水野さんと一緒にいた学生だった。毎回真面目に授業に出席し、意見も活発にする学生だったがまだ短編を発表する順番が回ってきていないため名前を覚える事ができていなかった。前回が水野さんだったから、〔み〕から〔わ〕までを頭文字とする名字である事は間違いなかったが、それだけのヒントをもとに正確な名前を思い出す事ができるほど私は熱心な講師ではなかった。まさか無視を決め込むわけにもゆかないので取り敢えず、お疲れ様、と無難な事を言った。

「お疲れ様です」と、にっこり返事を返してくれた名前の分からない学生はラフなTシャツとジーンズにエプロンという格好で、所々に色とりどりの絵の具が付着しているエプロンのポケットからは絵の具の色素が染み込んだ筆先が覗いていた。手に缶コーヒーを持っており、私の向かい側に腰をかけるとプルタブを起こした。

「夜ご飯ですか？」

「うん」と答えてから何となく気まずさを感じ、いつも遅くまで描いてるの、と尋ねた。

「いつもってわけじゃないんですけど、課題の締め切り前なので」

「水野さんはいつも時間かけて描くって言っていたけど、そうなの」

「偏執的なんです」と、言って笑う顔には全く嫌味がなかった。

「どんなふうに？」

「水野っていつも羊歯描くんですけどそれが一本一本すごく細かく描き込まれてて、それが画面の結構な範囲を埋め尽くしてて。で、よく見てみると多分百本以上ある羊歯の一本として同じ形をしていないんです。羊歯ですよ。そんなの、普通そんなにバリエーションないですよね。そういうの、とにかくすごいんですよ」

私は夥しい羊歯が群生しているところを思い描いてみた。その一本一本の形が全て違っているのを想像しようとしたが、十もいかない内に諦めた。

「だけどあまり評価されないって言っていたよ」と、私は言った。

「評価されてないっていうのとは違うと思うんですけど、ただまぁ、あまり効果的には使えてないのかも。すごいんだけど、目立たないって言うか、ちぐはぐしてると言うか。あ、でもこの前水野喜んでましたよ。先生に短編褒められたって」

言われて、ふと自分は果たして水野さんを褒めたのだろうかと、そんな疑問を抱いたが、本人がそのように喜んでいるのであればそれはそれで良いかという気持ちになった。

「そう言われてみればあの短編も少し偏執的な感じがしたな」

「andですよね。私も思いました。水野らしいなって」

ひとしきり笑ってからそろそろ行かなくてはと立ちあがった話し相手の名前は結局分からないままだったが、それにしても今までこんなふうに学生に話しかけられる事があっただろうかと不思議に思った。会話の内容を思い返し、私が名前を知らないあの学生の打ち解けた様子と性格の良さそうな笑顔を思い出し、それから水野さんが私に褒められたと喜んだらしいという言葉を思い出した。

水野さんが自分の作品について時間をかけた割にあっさりしているとよく言われると告白をしてくれ、それに対して私は短編を読んでそんなふうには感じなかったと答えた。それだけの事でそこまで喜ぶという事は、普段の制作においては全くと言っていいほど褒められるという事がないのかもしれない。

そんな事を考えながら小鉢の山菜のおひたしをつまみ、ぷちりぷちりという歯触りを楽しんでいると、水野さんの書いた川の一文を思い出した。

驚いて足下を見ると、そこに流れているはずの川も消えていた。

これと似たような文章を昔読んだ気がした。何とも言えない歯ごたえの山菜を噛みながら記憶に思いを巡らせていると、その咀嚼が脳の活性を促したのか、鮮明に記憶が蘇った。

足下を見ると、僕は川の上に立っていた。これには驚いた。凍りきった川の上に雪が積もり、気がつかない内に川の上を歩いて来てしまっていたのだった。冬が川を消したのだ。

このように並べてみるとそこまで似ていないような気がするが、無意識下に存在を感じていた川の消失に気づいて驚くという構図は同様だ。リディア・バーンの『川が流れて』に登場する文章だった。アメリカ西部開拓期のオクラホマを舞台に叔母の家に一時的に預けられたジュリアンの幼年期から少年期までを描いた作品で、預けに出されるきっかけとなった母の伝染病が癒えた知らせを受けてフィラデルフィアへ帰るところで物語は幕を閉じるのだが、自身がアイルランドからの移民の娘であったリディア・バーンがアメリカ人であるジュリアンの視点からアイルランド系をはじめとした移民を見つめる形式で描いた小説であるため、開拓期の移民の生活を知るための資料としても注目を集めた作品だった。物語の要所でアーカンザス川が登場しており、特に大寒波に見舞われて凍りついた様子を少年の視点から驚きをもってなされた描写は瑞々しく印象的だ。

ジュリアンは対岸で生活しているアイルランド移民の娘の事が気になっている。凍った川の上に立ち今なら向こう側にわたって近くであの子の顔が見られるのではないか、もしかすると話もできるのではないかと思う。積もった雪は凍った川の上で滑りやすく、慎重に一歩一歩踏みしめながら、しかしあの娘は英語が喋れるのだろうかと疑問に思う。疑問に足を止めた瞬間、氷の下で魚が泳いでいるのが見え、自分が今立っている氷がいつ割れてもおかしくはないのだと気づいて怖くなり、ジュリアンは引き返してしまう。そんな場面の前段階の文章だった。

広大なオクラホマの草原と川、季節に彩られたジュリアン少年の成長と驚きが鮮明ながら静かな筆致で描かれる『川が流れて』は十九世紀のアメリカ文学の片隅に佇む佳作とされており、日本でも複数の訳書が出版されているので比較的簡単に注文ができる。私は次回の特集の中心に『川が流れて』を据える事にした。

六月は大学の教員にとって試験準備等で忙しくなる時期なのだが私の場合特に試験は設けておらず、発表と出席日数を主な採点基準としているため特に忙しいという事はなかった。だから図書館の特集の準備に充てる時間などいくらでもあったが、制作物の依頼を受ける生徒の側から考えれば、試験期間中や課題提出の時期にぶつけられたのではたまらないだろう。試験期間というのは全科目共通で七月初旬から中旬にかけてと決まっているが、実技の方の課題提出時期がどういうタイミングなのか、イマイチわかっていなかった。

水野さんの友達は今が締め切り前だと言っていたが、どれくらいの日数が迫ると締め切り前と認識されるのかも分からなかったし、締め切りが来て、次の締め切りがいつなのかも分からなかった。

相手さえよければ今回の特集のイラストは水野さんに依頼したいという思いがあった。『川が流れて』を特集しようと思いついたきっかけとなった一連の流れからそう感じたというのはもちろん、水野さんの偏執的な絵というものを見てみたいと思ったからだった。


六月も中旬に差し掛かろうというのにほとんど雨が降らなかった。例年に違わずむしむしはするものの一向に雨が降る気配はなく、今朝の気象ニュースは空梅雨になり数十年ぶりの水不足に陥る可能性があると伝えて私を心配させた。

午前中の早い時間から気温がぐんぐん上がり、部屋を出てまだ二分と歩いていないのにリュックサックを背負って通気性の悪くなった背中に汗が滲むのを感じた。肩甲骨を寄せてみたり歩くたびに腰を左右にねじってみたりと、あれこれ背中に空気を送り込む工夫をしてみたものの、そんな事をしながら歩く方がよっぽど汗をかくのだと気づいてやめた。

坂になっている線路沿いの道を歩いていると、民家のブロック塀から覗いているノウゼンカズラが沢山の蕾をつけていた。蕾はふっくらとしてもう数日陽に当たっていれば開いてしまいそうに見えて私は足を止めた。

鬱蒼とした葉に隠れて幹は見えず、一度高いところまで伸びるものの、か細い幹に対して随分とボリュームのある葉の重みでその大部分がブロック塀にへたり込むみたいにして歩道の方に垂れてきていた。みっしりとした葉の隙間を縫うようにして伸びぶら下がる蔓のそこかしこに薄い橙色の蕾が揺れていた。もりもりとした葉に鴇色のポワポワした花が咲くノウゼンカズラの姿が私は好きだった。毎年この道のノウゼンカズラを目にすると、あぁ夏が来たのだと思う。通勤に使うバス停は反対方向にあるため仕事の有る日にこのノウゼンカズラの前を通る事はなく、だから花がついた事に気づくのはいつも休日で、そのゆったりとした心持ちと強い日差しが相まって、私に夏休みを連想させてくれる花だった。

祥子さんもまたノウゼンカズラが好きだった。一時は庭にノウゼンカズラを植えようかと本気で考えた事があったのだが、祥子さんが最も嫌いなカメムシがノウゼンカズラを好むという事もあり断念した経緯があったらしい。だから通りしな開花を発見した日には帰宅後に何かと理由をつけて祥子さんを訪ね、開花を伝えて一緒に見に行った。他人の家に生えているノウゼンカズラなので少々遠慮がちに、しかしある程度の時間を使って眺め、家に帰るとなんとなく出前をとって一緒に食事をするのが恒例だった。

出前は寿司が多かった。多かったと言っても一年に一度の事だから頻繁な事ではないのだが、祥子さんとは出前といえば寿司という感じだった。ノウゼンカズラの前を通過してそのまま坂を下りきった十字路を左折してしばらく道なりに行ったところにある老舗の寿司屋で、我々は坂の下の寿司屋と呼んでいた。ちゃんとした名前のある寿司屋だし、二人ともその名前を知っているのに、いざという時には喉から出てこず、それでもう諦めて坂の下の寿司屋と呼ぶ事にしたのだった。コストパフォーマンスが良く、特に昼時に混む寿司屋だったが、祥子さんに対してなのか祥子さんの父親に対してなのかは分からないが何かの義理があるらしく、夜でもランチと同じ値段で出前をしてくれた。ほんのりと朱い酢飯は、特にイカの甘味を引き立てた。店で食べた事はなく一人では出前など取らないので結果として祥子さんがいなくなってからは一度も食べていないが、こうしてノウゼンカズラを眺めていると、祥子さんとの夕方の散歩を思い出し、道すがらの酒屋で買うよく冷えた瓶ビールを思い出し、薄いグラスを思い出し、グラスがしまってある戸棚の内側の木の香りを思い出し、ビールの泡の苦さとイカの甘さが思い出された。

朝からビールの事など考えてはいけないと頭を振りながら、祥子さんもどこかでノウゼンカズラを見ているだろうかと思った。そもそも祥子さんはノウゼンカズラに限らず草木が好きな人だった。庭には無数の植物が生えており、旬の折々柿や林檎、梅などの果実を収穫しては酒にしたり保存食にしたりとせっせと世話を焼き、花が咲けば楽しみ然るべき時期が来ると然るべき剪定をした。元々の持ち主であった父親から譲り受けたもの以外にもどんどん植え育て、内側から眺める分には整って綺麗なのだが、通りから見るといかにも鬱蒼とした庭に仕上がっていた。特に大切に育てたセンリョウとマンリョウは正月の飾りに可愛らしく、特に果実が上向きに付くセンリョウは赤々と実ると鳥が食べに来てしまうのだと悲しそうに話すものの、だからと言って何か対策を講じるという事がなかった。そういう意味では祥子さんにとっては鳥もまた草木の一部のようなものだったのかもしれなかった。

湧き水の事を教えてくれたのも祥子さんだった。あまり外出をしない祥子さんに代わって湧き水を汲み持ち帰るととても喜んでくれて、お茶を入れるのにとても良いのだと味見をさせてくれた。それから週に一度祥子さんのために湧き水を汲みに行くついでに自分の分も汲むようになり、結果として私は珈琲を飲む回数と量が増えた。

祥子さんはテレビのドキュメンタリー番組を見るのが好きだった。特に興味のある分野があるという訳ではないらしく、ドキュメンタリーと名のつくものならなんでも好んで鑑賞した。そして見る時には徹底的に見たい質《たち》らしく、一つひとつ見るのではなく一週間分のドキュメンタリーを録り溜めて金曜日の夜から土曜日の朝にかけて一気に見るようにしていた。引退した祥子さんがなぜ金曜日の夜まで待たねばならないのか、その妥当な理由は思いあたらないが、おそらく現役時代からの習性だったのだと思う。そしてその時珈琲を飲めない祥子さんは決まって緑茶をガブガブ飲んで集中力を維持するのだそうで、私はそれに合わせて水を汲みに行った。木曜日と金曜日には朝から仕事があるので無理だったが、水曜日は夕方からの仕事だったので午前中はかなり自由に時間を使う事ができた。

祥子さんが失踪し、一日仕事のない日にずらして行っても良さそうなものなのに、私は相変わらず水曜日の午前中に空になったペットボトルの入ったリュックサックを背負って湧水群に出かけている。リュックの中のペットボトルも相変わらず二本で、これは習慣によるものというよりもむしろ一本だと歩くたびにリュックサックの中でペットボトルが左に右に倒れるのが気になるからだった。祥子さんがいた頃と比べて倍の水を消費する事になり、単純に珈琲の消費量も倍になっていて、だから水を汲みに行く時にはその帰りに珈琲店に寄って豆を仕入れる事にしていた。

坂道を下りきって線路の下をくぐるようにして右手へ曲がり、住宅街となっている平坦な道を少し行くと大通りに出る。大通りを上りの方向にしばらく歩くと先程とは違う路線の線路に行き当たる。その線路を左手に見ながら進むとやがて駅に着く。線路沿いの道路は一応二車線で、車道を挟んで左右に歩道が用意されているものの、この時期には線路脇から車道の方向に雑草がたっぷりと生え伸びているため、そちら側の歩道は危なくてとても歩く事ができない。交通量は少なくない割に飛ばす車は多く、時折そういった車の流れが途切れると青がぷんと匂った。

駅にたどり着いたところで踏切を渡って商店街を通り抜け、道を曲がって微妙な勾配の上り坂を進むといつの間にか急な下り坂になり、つま先に力を入れながら住宅街をせっせと歩くと何の脈絡もなく地面が剝き出しの土になる。土の表面はいつでもしっとり潤んでいて、特に午前中には滑り止めのない靴では転びやすくなる。左手は竹林、右手に住宅という、ぎりぎり人がすれ違える程度の小道を抜けると突然道はひらけ空も広くなる。左右が竹林になり、そこから少し奥に入ったところが湧水池になっていた。池を回り込んで向こう側に行くと、池から川が続いている。池と川との間にはちょっとした段差があり、そこがささやかな滝になっている。水はそこで汲む事ができた。

湧水の透明度は高く、そう浅くはない池底に藻が揺れるのや、裂け目から泡が昇るのがよく見えた。水の湧く音は湿った土に吸収されて静まり、笹のさらさらいう音が直接聞こえた。以前はただ気持ちが良いと感じるだけだったが、最近ではこの場所に来るとなぜだか彼女について思いを巡らすようになっていた。彼女の賢そうな目や、柔らかな毛並み、音を鼻孔で感じ取るかのように静かに鼻先をひくつかせて何かに集中している姿。そして心地の良い足音。あの透明な瞳で私をじっと見つめる時、物言わぬ彼女は一体何を思っているのだろうか。また、彼女はどうして折にふれて現れるようになったのか。そんな事に思いを巡らす事が多かった。そして、考えてみれば水曜日の晩によく彼女は現れた。

その因果関係は分からないが、ふと彼女はこの場所を知っているのだろうかと思った。鼠という生き物がその生涯にわたって一体どれ程の距離を行動範囲とするのかは分からなかったが、人間の足で四十分程の祥子さんの家から湧水池までの距離は、充分鼠の行動圏内であるような感じがした。だからと言って彼女がこの場所を知っているという証拠には全然ならなかったが、彼女が私に呼び起こすあの水脈の気配がこの場所に起因しているのだとすればあり得ることと思い込むのは可能だった。またこの場所を知っていてもいなくても、生きている内に彼女を連れて来てやればよかったと思った。そして、本当は自由に行動できていたはずの彼女を自分の部屋に持ち帰り横暴にも自由を奪ってしまったのだという事実から目を逸らす事ができず、どうしてそんな感情を覚えるのか分からなかったが心細く不安になった。

竹林から気の早い蟬の声が聞こえた。一匹だけ鳴く蟬の声は集団によるものよりよっぽどはっきり響き、圧倒されるものがあった。私はリュックサックからペットボトルを取り出すと川辺に膝をついて水を汲んだ。ズボン越しにひんやりとした土を感じた。ペットボトルは二リットルの物で、だから帰りは四キロの重みを背負って歩く事になり、かなり良い運動になる。珈琲をよく飲むようになった事も合わせて、この街に越して来てから私は少し痩せた。もともと太った身体ではないし、よく食べる方でもなかったが、定期的な運動によって腰回りや腿のあたりが幾分引き締まったようだった。

水を汲むと引き返すのではなく来たのと逆の方向にそのまま進み、ほんの少し遠回りをして帰るようにしていた。そちらの方から家に向かって歩く道すがらに馴染みの珈琲店があるのでその方が都合が良いのだった。

竹林がやがて雑木林になり、昔神社があった名残の今ではどこにも行きつかない銀杏並木の参道を横切るようにして進み、崖線に沿ってカーヴした坂を上ると再び街の景色になる。左手側には住宅地、右手はガードレール越しに意外なほど下の方に広がる街並みを望む事ができる。そんなに一生懸命坂道を上ってきた実感はないのに、さっき渡った踏切や駅が眼下にこぢんまりと広がる光景には何度遭遇しても肉体的な感覚が付いてゆかずに戸惑いを覚える。ここからの家路は知覚する限りずっと平坦な道のりで、だから考えてみれば祥子さんの家は割に標高の高いところに立っているのだった。大学は祥子さんの家から南東の方向にある。標高で言えば大学のある土地は祥子さんの家よりもずいぶん低くなっており、そのまま東の方角に延々と平坦な大地が続き、這うように上水がやはり東の方向に流れている。大学を確認する事はできないが、上水沿いにずっと伸びる遊歩道の雑木林は眺める事ができた。アスファルトとコンクリート造りの建物が几帳面に区画されているところにこんもりと現れる緑は少し唐突な感じだった。

上水は二ブロック挟んで走る国道と並行して伸び、しばらく東に進んだところ、二本の国道が交差する地点で姿を消している。上水がそこで終わっているわけではなく暗渠になっているのだ。そこから数十キロ先のところでまた姿を現し、そんなふうに出たり入ったりを繰り返しながら都心の方まで続いてゆく。一方、湧水から生まれる川は一級河川として南の方向に伸び、束の間ある程度の幅をもって流れるが突然地下に潜って姿を消す。地中で細かく枝分かれをしているらしいのだが、そのあとどうなっているのか具体的にはよく分からなかった。

珈琲店は坂を上りきったところから五分ほど祥子さんの家に向かったところにある一戸建てで、軒先に「珈琲」と何の飾り気もない茶色地に白抜きの文字で書かれたノボリを出している店だった。喫茶店ではなく豆を量り売りする店で、豆を買い求める客が焙煎を待つ間に休むための喫茶スペースが丸テーブル一台分だけ用意されてあった。瓶に入った三種類のブレンドの他に常時十二種類のストレート豆が生豆の状態で樽に詰まっていて、客はその日の豆の状態を見ながら注文をする事ができた。とは言え私は生豆を目視したところで状態を見極めるような目利きの技術を持ち合わせていないので、この店の豆はいつでも鮮度抜群のはずだと信用し、ほとんど店主の斎藤さん任せで選んでもらっていた。通い始めてから買っては飲み買っては飲みしながら半年ほどの期間を使って行われたディスカッションによって斎藤さんは私の好みを熟知してくれており、基本的にはいつも深煎りのブレンドと何かもう一種類を注文するのだが、そのもう一種類に関してもその日の気分で何かそれらしい事を適当に言えばあとは安心して任せる事ができた。

ガラス戸を開けて中に入ると途端に幾重にも折り重なった珈琲の重厚な香りに包まれる。店を訪ねた時にちょうど先客の豆を焙煎しているか、焙煎してから少し時間が経っているかでこの香りの濃度は微妙に変化するのだが、どういう訳かこの匂いを嗅ぐと私は全然種類が違うのに縁日を思い出すのだった。以前一度その事を告白すると斎藤さんは、

「珈琲豆もポップコーンみたいなものですからね」と、言った。

「ポップコーンですか」と、私はちょっと驚いて聞き返した。

「火を入れて膨らませる作業ですから。膨らませてから焙煎具合を調節するんです。まずは膨らませない事には始まらないんですよ」

納得していいものかどうかイマイチ判断の難しい斎藤さんの解説にしかし表面上はなるほどと頷きながら、ポップコーンは果たして縁日に登場しただろうかと疑問に思っている

内に豆が焼きあがり、その日それ以上の追及はできなかった。

　斎藤さんは物静かな人で、珈琲に関してはその物のみならずその周縁を構成するあまりに細かな事柄まで質問をすれば何でも答えてくれるだけの知識を蓄えている反面、自ら進んで披露しようとはしない人だった。伝えるのではなく溜め込む方に関心があるのでそうなるようだったが、珈琲以外の知識にはほとんど関心がないようで、豆を慎重に計量し焙煎をする斎藤さんの姿を眺めながら、もしも珈琲というものに出会わなければこの人はどんな人生を送っていたのだろうかと、私はそんな事を考えずにはいられなかった。そしてまた、そういう斎藤さんの事を羨ましいと感じるのだった。

　来店した私に気づくと斎藤さんは立ち上がって迎え入れてくれた。

「いらっしゃい。今日は暑いから大変だったでしょう」

「雨降りませんね」

「昨日今日雨が降らなくても湧き水には影響ないから大丈夫ですよ」

「まぁ」と、私は答え、いつもながらちょっとずれた感じのする斎藤さんとの会話に楽しさを感じながらリュックサックを床に降ろさせてもらった。

「そうですけど」

「冷たいのにしますか」と、斎藤さんは言い、私が頷くのを見届けるとレジカウンターの方に回っていった。私は斎藤さんがアイスコーヒーを淹れてくれている間に、ずらりと並んだ樽の前をゆっくり歩いて今日の豆の様子を眺めた。コーヒー豆は産地や標高、農場などといった種類毎に並んでおり、全てが違う大きさや色味、形状をしており、そういった違いから味や香りの違いを想像する事はできないものの、眺めているだけで楽しめた。

「グアテマラが新しく入ったので特に新鮮ですよ」

言いながら斎藤さんがアイスコーヒーのグラスを両手に戻って来て片方を私に渡すと隣に立って一緒に珈琲豆を眺めた。私はグアテマラ産の豆の入った樽を探した。グアテマラSHBと書いてあるのがそれらしかった。

「どんな味なんですか」

「さぁ」と、事も無げに答えると、斎藤さんは自分の分のアイスコーヒーをぐびりとやり視線をアイスコーヒーに移すと唸りながら頷いた。つられて飲んでみると爽やかな酸味が舌の上で広がり、氷の冷たさが火照った身体に心地良かった。

「分からないんですか」

「そうですね」と、斎藤さんは言い、また一口アイスコーヒーを飲んで再び視線をグラスに注ぐと頷きながら唸った。

「SHBってただの基準なんですよ。標高千三百五十メートルから千五百メートルで採れた豆の事なんです。だから、グアテマラの中でその標高にある農園で採れたものであれば何でもありだし、どの農園のものかは分からないんですよ。色々と混ざってるかもしれないし。でもまぁだいたいの印象で言えば、たぶん好みから外れてないと思いますよ」

「じゃあ、ください。ブレンドと二百グラムずつ」

斎藤さんは頷くと早速準備に取り掛かった。私はテーブルに備え付けの椅子に腰掛けてリュックサックから文庫本を取り出して読書に取り掛かった。私にとって何よりも幸せなのは読書の時間だった。私は酒も付き合い以外には週に一度ビールを一本嗜《たしな》む程度だし煙草もやらないが、酒や煙草を好む人がそれを生活の中で愉しむのと同じように読書を愉しんだ。特に好きなのは時代で言えば十九世紀後半から二十世紀前半のアメリカ文学で、それで大学も文学部に入り大学院にも進学した。本当は博士課程まで進み研究者として大学に残りたかったのだが博士号取得までの期間を考えるとどうしても金銭的に厳しく諦めざるをえなかった。当時は教壇に立つ事があれば英米文学に関する科目と思い込んでいたのだが、まさか美術大学で、それも一般教養としての英語を教える事になるとは夢にも思っていなかった。ひとつの事をとことんやっていきたいと思っていたけれども、結局のところ私には趣味としての読書が残っただけだった。それを自分でも情けないと感じながら、一方で研究としての文学を突き詰めその道の第一人者になれるほどの能力も情熱も持ち合わせていないという事には学生時代から薄々勘づいてはいたので、好きなものを好きなように読む趣味という程度に収めて幸せに浸る方が自分の身の丈には合っているようにも思っていた。

あまりうるさくない場所であればどんな環境でも読書に耽る事ができたが、特に斎藤さんが私のために豆を焙煎してくれている中で本を読むのが好きだった。焙煎が進むと室温が若干上がってゆき、豆が焼けた煙が匂いと共に店内に充満してゆく。一応強力な排気口を整備はしているのだが、機能としてもご近所づきあいとしても全ての煙をそのまま店外に排出するというのは難しく、焼かれた珈琲の粒子が本の紙の繊維に入り込んでくるような濃厚な珈琲の香りの中では焙煎機の回転音が意外に大きく響いているのにもかかわらず自然に本の世界の方に身を沈める事ができるのだった。注文から焙煎とその後に行われる皮や半端豆を選り分ける作業と袋詰めが終わるまでの時間は三十分弱だが、驚くほどページが進み、尚且《なおか》つその一文いちぶんや句読点に至るまで、普段の何割増しかでしっかり頭に染み込んでくるから不思議だった。本当なら日がな一日この店で読書に耽りたいと思うのだが、そんな事をすれば迷惑になるし目と喉も少し傷みそうなので今後も実現はしなさそうだった。

珈琲と言えば彼女もまた珈琲が好きだった。珈琲豆を買って帰ると二本足で立ち上がり目一杯背筋を伸ばしていつも以上に好奇心に駆られた様子で鼻先でゆらゆらと空気をかき回ししきりに匂いを嗅いでいたので、ある日袋から焼きたての豆を興味半分に一粒とって彼女のそばに置いてやった。彼女は私の顔をちらりと見、それから慎重さをもって豆に近づくと鼻先を近づけた。瞬間ちょっとびっくりしたように首を引き、それからまた近づいて匂いを嗅ぎ、器用にも両手で掴み上げると口にくわえて壁沿いに戻った。また二本足で立ち上がると背中を少し壁に預け両手に豆を掴んで少し齧ってみたり匂いを嗅いだりと、そんな事をいつまでも続けた。その後しばらくしてから気づくと彼女は床に豆を放置して隅の寝床の方で丸くなって寝ており、もう満足したのかと豆を片付けると、目が覚めた後しきりと壁際を行ったり来たりしながらその都度床の匂いを嗅ぎ回った。その姿があまりにも差し迫った雰囲気を醸していたため不安になった私が新しく豆を置いてやるとハッとした様子で掴み上げ、また壁まで戻ると匂いを嗅ぎつつ落ち着いた。

彼女は豆をいつも目の届く範囲に据えていて、壁際の行ったり来たりの合間に手にとって嗅いだり齧ってみたりしていた。豆に含まれるカフェインは小動物にとって強烈なはずだと思うのだが、彼女の場合べつに食べるわけでもなかったし匂いを嗅いで興奮するという様子もなく、どちらかと言えば落ち着いた様子で満足そうに静かにしていた。古くなった豆よりも焙煎したての豆の方が好きらしく、私が珈琲店から戻るたびに豆を欲しがった。

新しい豆を渡すと彼女はそれにしがみつき熱心に匂いを嗅いだ。そして気がつくとどんなに探しても古い豆は見つからないのだった。齧りはするものの食べる気配は見せなかったため、最初私は寝床にでもしまってあるのだろうと思ったのだがどうやらそういう訳でもないらしく、どこを探してみても見当たらなかった。

斎藤さんが焼きあがった豆をテーブルに持ってきたのに気づいて我に返った。焙煎を終えると豆は浅い箱の形をした網の上にあけられ、そこで中華鍋をゆするように煽られ、冷まされるのと同時に余計な皮がひらひらと舞うように取り除かれる。それから手作業で虫食い未成熟その他の豆もまた除けられるのだが、その作業が終わると斎藤さんはいつも、こんな感じです、と言って豆の焼け具合を見せてくれるのだった。そんなものを見せられても私には何の判断も出来ないのだが、そういった斎藤さんの律儀さを無下にはできず、一応はじっくり眺め、いいですね、とかなんとか日によって表現の仕方に差をつけはするものの結局は同じ意味の事を言って頷くようにしていた。だから、そのタイミングで違う意味の事を言ったのは初めてだった。

「鼠って珈琲豆も食べるんですか？」

斎藤さんはギョッとした顔をして私を見、それから今自分が焼いたばかりの豆をまじまじと見つめた。

「鼠ですか」と、やっとの事で聞き返した斎藤さんの声は隠しきれない動揺に少し震えていた。

「食べませんよね」

「まぁ」と、相槌を打ちながらも斎藤さんは考えをまとめるように目をキョロキョロとさせ、しかしそうしている内に落ち着きを取り戻したのか平常通りの声で答えた。

「好むかどうかは別として、相手は鼠ですからね。何だって食べるんじゃないですか」

「え、食べますか」

「その気になれば食べるんじゃないですか。そう言えば珈琲豆を最初に発見したのは風邪っぴきの羊飼だったって伝説があります。ある時切り株に腰を下ろして休んでいたらむこうの方で山羊が陽気に跳び回っていて、ずいぶん陽気な山羊だなと思って見ていたら山羊が珈琲の実を食べていたそうです。それで自分も食べてみたら元気になったので薬として持ち帰ったのだとか」

「羊飼なのに山羊ですか」と、私は素朴な疑問として尋ねた。

斎藤さんはハッとしてまた考え込み、しばらく経ってから、野生の山羊じゃないですか、と言った。

「羊より山羊の方が跳び回りそうですし」

「なるほど」

「だから鼠だってその気になれば珈琲豆くらい食べるでしょう。出るんですか?」

「一緒に住んでいたんです」

「あぁ、ハムスターですか」

「鼠です。掃除していたら目が合って、人懐こいと言うか人間を全然怖がらない鼠だったので思わず持ち帰ってしまって」

「昔飼われていたハムスターが捨てられたか逃げ出したかして野生化したんじゃないんですか」

言われてみて初めて気がついたその可能性について私はしばらく考えてみたが、やはり彼女はどう見てもハムスターではなく鼠で、だからそのように答えた。

斎藤さんは理解に苦しむといった表情でしばらく私の顔をまじまじと見つめ、それから自分の手元に視線を落とし、

「豆は……」と、呟くように言った。

私は慌てて、素晴らしいです、と答え、袋詰めをしてもらい会計を済ませた。斎藤さんに見送られつつ店を出ながら私は、彼女の話を誰かにするのは初めての事だったと気がついた。

べつに隠していた訳ではなかったが、今まで誰かに彼女の存在を打ち明けた事はなく、だから少なくとも私と出会ってからの彼女を知る者は私以外にいなかった。つまり彼女の存在は私の中にのみ収まっていた。それが不意に思い出した珈琲豆と彼女のエピソードからぽろりと斎藤さんにそうするつもりもないまま打ち明けて、ほんの僅かではあるものの彼女の存在が私の外に広がった。その事実はそのまま彼女という存在が今まで私といういわば認識の容れ物の中でのみ存在していたのだという発見と共に意外な驚きを私にもたらした。

祥子さんはこの街の外で暮らした事がなかった。何度かの引っ越しを経てはいるものの生まれてからずっと同じ街に住み、両親が他界してからは家に一人で住み続けた。その間どのような人生を歩んできたのかは断片的にしか知らないが、どこか小動物を思わせる小柄な体格と優しい面持ちや物腰の柔らかさなど、お嫁に行く機会がなかったとも思えないのだが、一度も結婚した事がないらしかった。父親が亡くなったのが私の祖父母が亡くなるより早かったという事は、おそらくその頃祥子さんはまだ三十にもなっていなかったのではないだろうか。おそらく、と言うのも私は祥子さんの年齢を知らないのだった。兎に角それくらいの年齢の頃、今の私よりも若い頃に一人で家を背負い、その頃はまだいた下宿人の世話を焼くなり管理をするなりをしながらやりくりして維持し、そのうえ街中の学校に書道の講師として教えに行っていたのだと考えると恐れ入る。書という道を極めながらもしっかり地に足のついた生活をしていた人なのだ。私がやってくるまでの三十余年の一人きりでの暮らしは寂しくなかっただろうか。もしくは寂しいと感じる間もないほど忙しかったのだろうか。しかしいくら忙しいと言っても全く休む間も無く常に動き回っているという訳にはいかないのだから、ふとした瞬間にぽっかりと空くそんな時間には、やはり孤独を思う事があったのではないだろうか。

祥子さんは一人っ子だった。だから自分が死んだら姓が途絶えるというような事をしきりに言った。まさかそれが理由で結婚をしなかった訳ではあるまいが、姓が途絶えると話す祥子さんの伏し目には孤独が滲んでいたようにも思う。そんな孤独を身に帯びてずっと一人で家と姓とを守っていたのだろうか。祥子さんの父親の兄である人は、私にとって母方の祖父で、だから母の旧姓は祥子さんの姓と同じだった。私を快く、それも半ば自ら招き入れるようにして受け入れてくれた背景には、そんな理由もあったのかもしれない。

どうして祥子さんが突然いなくなってしまったのかは分からないが、長い間一人で守り続けてきたその意識の糸がふつりと切れてしまったという事も十分に考えられる。考えてみれば、祥子さんは父親が亡くなったのとちょうど同じか上回るくらいの歳になっているのではないだろうか。そんな折、自分の人生を見つめ返し、少し自由になりたいと、そんなふうな考えが頭によぎったとしても決しておかしくはない。

祥子さんが失踪してからの日が浅い頃には書き置きの一つでも残していってくれても良さそうなものなのにと思っていたが、肩の荷を降ろしてふわりとなった足取りをそんな事で引き止めるのは酷だろう。棚の植え替えはせめてもの意思表示だったのだとそんなふうに今では思っている。だからせめていつ戻って来ても良いように、私としては月々の決められた家賃を封筒に入れて祥子さんの家の戸棚に収め、週に一度の掃除を欠かさないようにしていた。公共料金は口座引き落としになっているらしく、請求書が届く事はなかった。順調に支払いがなされているという証拠ではあるが、思い当たる限り全てのコンセントが抜かれているにもかかわらず電気メーターは回り続けていた。全然使っていないはずなのに電気代がかかり続けているというのも癪《しゃく》なので、掃除をする時以外にはブレーカーを下ろしてしまうようにしていた。

居間で彼女と遭遇した後の何週間かはまた鼠がいたらどうしようとそんな事を思いながら掃除に上がらせてもらっていたが、彼女以降鼠が現れる事はなく、またそういう気配もなかった。そもそも食べ物もないので入り込んでくる理由はなく、むしろ彼女がどうしてやって来たのかという事の方が不思議だった。祥子さんの家の掃除は失踪後すぐに始めたが、それから二ヶ月の間には鼠が現れる前触れなど一つもなく、だからこそ唐突な遭遇に余計驚いたのだった。しかしなぜそんな彼女を自分の部屋に連れ帰ってしまったのかという点については自分でもよく分からない。だからそれを説明しようとしても、斎藤さんにしたように「つい」と言い表す他ないのだった。

　再び現れるようになった彼女が姿を見せるのは決まって深夜から明け方の時間帯だった。だから彼女が現れた事に気づいた時にちょうど焼きたての珈琲豆を持っているという事はまずないし、せっかく現れても私が眠ってしまったり、そうでなくともトイレに行ったり何なりとちょっと目を離した隙にいつも去ってしまうのだった。彼女の再びの不在に気づいた時、私はなんとも言えない空っぽな感慨を抱くのだが、同時になぜ彼女は再び私の住む部屋に現れるようになったのだろうと、そんな一抹の疑問を抱く。もう死んでしまってどこへ行こうと自由なはずなのに、気まぐれに私の部屋に現れては夢中になって計ったように壁際を行ったり来たり繰り返す彼女には何か求めるところがあるのだろうか。彼女の存在やその立てる物音、仕草などは私を安らがせるが、しかしそのために現れているという事はないだろう。生前の彼女は私との暮らしを嫌がるふうでもなかったし順応しているようにも見えたが、だからと言って特別私のために何かをしてやろうという意思を見せる事はなかった。勝手に連れてきたのは私だし、彼女はそもそもが野生なのだから当然の事なのだが、しかしそれではなぜ頻繁とまではいかないまでも夜な夜なやってくるのだろうか。連れて来られたからただ居ただけとは言え、彼女にとってもそう居心地の悪い場所ではなかったという事なのだろうか。それとも晩年を過ごした場所なので、そういった帰巣本能に似た感覚によって部屋までの道筋が分かりやすいからなのか、そもそも彼女は私の部屋に現れるが、現れない時には一体どこにいるのか。彼女が現れてくれて嬉しいと思う反面、そういった答えの出ない疑問が常に私の思考を靄のように包んでいた。

『川が流れて』の図書購入要望書を書き、次回の特集の企画概要書とあわせて提出すると、主任司書の渡井さんはざっと目を通しただけで所定の場所にハンコを押し、図書購入要望書の方をクリアファイルに挟み込み『事務局行』と書かれたレターボックスに入れた。

「よろしいんですか」と、私はあまりにも簡単なチェックに驚いて尋ねた。

「あなたの特集、評判いいから」

渡井さんはずり下がったメガネ越しにちらりと私の方を見て事務的に微笑むと、すぐにデスクトップの画面に視線を戻した。右手の人差し指と中指でキーボードを打つようにマウスを操りながら左手の五本の指を信じられないスピードでキーボードに打ち付けており、目はすっかり充血していた。主任司書とは言ってもちゃんとした司書はこの図書館に渡井さん一人しかおらず、契約上、資料や目録その他重要な書類のチェックと作成は全て渡井さんがやらなければならない事になっていた。その仕事量たるや膨大で、他の職員に任せてしまって、チェックに専念してしまうのも一つの手であるように私には思えるのだが、渡井さんは決してそのようなやり方を選択しなかった。

「私が信用されて任された仕事だから、こうやって私がやり遂げる事が責任なのよ」と、以前渡井さんは疲れに枯れた声で説明してくれたが、それにしても一人の肩にのしかかる重みがあまりに甚大なのではと私は密かに心配していた。

渡井さんは二代前の学長の時代からこの図書館に勤めている唯一の職員で、この美大の卒業生でもあるらしかった。専攻は芸術学科という実技というよりも学問として芸術分野を扱う学科で、小中学生を対象とした鑑賞教育プログラム構築の実践と論文によって博士号を取得したのち学芸員として幾つかの公共施設の運営を経ながら最後の一年間は夜学で図書館司書の資格を取得し、学生時代のゼミ担当教員であった教授が学長として就任した事をきっかけに司書として美大に戻ってきたのだという。以後ほとんど一人で資料の収集やイベントの開催などを手がけて、今度の学長が図書館の改革に着手した事で職員が増えてやっと少し楽になったとの事だった。

渡井さんについてのこういう情報は全て何人かの古株の同僚の言によって知った。渡井さん本人はほとんど自分の事を話さずただコツコツと業務に打ち込む人で、年に数度開かれる飲み会の席でも人の話に静かに耳を傾けポツポツと的確な相槌を打つか、然るべきタイミングで追加の注文をするばかりだった。私はそんな渡井さんに一方的な好感を抱いているのだが、渡井さんの方で私をどのように捉えているのかは分からなかった。渡井さんは誰に対しても、これは職員に対しても学生に対してもという意味なのだが、少なくとも表面上はおよそ区別という事をせずフラットに接していた。

私は渡井さんの邪魔にならないようその場を離れ、書架の整理や簡単なリファレンスを行いながら館内を回り、あらかた仕事が片付くと特集の準備に取り掛かった。

準備とは言っても今回は一冊に絞っての特集なのでそんなに大変な事はなかった。取り急ぎ済ませなければならないのは『川が流れて』の梗概作成で、これはイラストやデザインを担当してもらう学生に読んでもらうためのものだった。キャッチコピーとイラストを印刷するPOPとは別に用意する簡単な解説文を書く必要があったがこれは後回しでいいだろう。本が届くのは二週間後くらいだと思うが、これまでの経験上それまでに記憶を頼りに物語の登場人物やポイントを整理して書き出しておき、これをもとにして本が届き次第詳細を詰めてゆく方法をとると効率が良かった。翌々週の水曜日までに届いてくれると、その日の内に梗概を完成させて木曜日の授業の際に水野さんに依頼する事ができるので理想的だが、その前に授業の際に打診だけでもしておいた方がいいだろうと思った。

水野さんは間髪入れずに、やりたいです、と答えてくれた。

「よかった。課題の提出とかスケジュールは大丈夫？」

「はい」と、答えたもののちょっと不安になったらしく、水野さんは鞄の中から手帳を取り出し念入りに確認し、ホッとしたような顔をしてもう一度頷いてくれた。

「大丈夫です」

「ありがとう。再来週の授業の時に梗概と実物を渡せると思うから。本は貸し出しだから返してもらわなくちゃいけないけど」

「分かりました」と、笑って答えた後で水野さんは少し考え込み、慎重さを持った表情で私の顔を窺った。

「でも、私でいいんですか？　絵、あんまり褒められた事ないんですけど」

「今回の特集の本、実は水野さんの短編を読んで思い出したんだよ」

「本当ですか」

「うん、植物もいっぱい登場するし、いいかなって思ったんだけど」

「やります」と、水野さんは興奮気味に言い、息を整えるように鼻からすっと空気を吸い込むともう一度、やります、と言った。

細かい事はまた再来週という事で、水野さんはいくぶん上気した顔でぺこりと頭を下げて退出していった。その後ろ姿を見送りながら、私はホッとしている事に気がついた。よくよく考えてみれば最初からイラストは水野さんにと決めつけていたので、断られた時にどうするのかという事を全く考えていなかった。我ながら無計画さに呆れ、そして改めて快諾してもらえて良かったと思った。そして一段と、水野さんの描く偏執的な絵を見るのが楽しみになった。

水野さんは二年生なので午後の時間帯が一般教養に充てられている。つまり木曜日はこの授業が終了すると私の業務も終了だった。時刻は三時で、小腹が減るものの夕食には早すぎるためいつも学食を食べて帰るか帰ってからちゃんとした食事として料理をして食べるのか迷うところなのだが、昼に欲張って唐揚げ定食を大盛りで食べてしまったために胃がぐったりとしており、ちょうど冷蔵庫の初夏茗荷をそろそろ片付けなければならないタイミングだったので、家で少しそうめんでも茹でて済ませる事にした。

帰ると、身なりの良い男の人が祥子さんの家のチャイムを押していた。しばらくすると鞄の中から封筒を取り出し、途方に暮れたようにそれを眺めはじめた。かなり近くまで歩み寄っても私の存在に気がつかず、私が、あの、と声をかけると大変驚いた。

「祥子さんになにかご用でしょうか」と、私は尋ねた。

男の人は訝《いぶか》しむような表情で私の顔を覗き込み、

「失礼ですが」と、尋ねた。

私が名乗ると男の人は目をちょっと見開き、シャツの胸ポケットから名刺入れを取り出して中から一枚私に差し出した。

「はじめまして」と、会釈をしてみせた男の人の名刺には「内田法律事務所代表　内田重久」と書かれてあった。内田さんは、失礼ですがお名前を確認できるものを何かお持ちですか、と言いながら名刺入れを胸ポケットに戻し、私は財布から美術大学の職員証を出して内田さんに渡した。内田さんはそこで初めて微笑み、打ち解けた表情を見せた。

「私の父が、あなたのお祖父様の遺言執行者でした」

「祖父の」と、私は呟きその意味するところを考えた。内田さんは先ほど眺めていた封筒を私に差し出し、お祖父さまの遺言書ですと言った。

「あなたが三十四歳になった時点で効力を発揮するよう制限をかけられた遺言です。そういったものがあると聞いていますか」

いいえ初めて聞きました、と私は答え、とりあえずお茶でもと部屋へ上がってもらう事にした。

内田さんにはリビングのテーブルについてもらい、エアコンをつけてから私は一旦席を辞してキッチンに入った。湧き水を沸かしコーヒーの豆を挽きながら、落ち着かない気分だった。祖父母との生活についてはほとんど記憶に残っていないのだが、大変に可愛がってもらっていたという事と、大好きだったという事は覚えている。大好きという感情を持ったままよく分からない内に私の時間の流れの中で祖父母の存在は寸断されて、そう思うに至った出来事や生活の記憶がないのに、誰かの口からその名前が上がると今でも大好きという感情が湧き起こるのは不思議だった。しかしそういう感情が湧くのと同時に、祖父母の名前を耳にすればそれは必ず過去形の話の中で語られる事になり、そういった場に居合わせるととても居心地の悪い思いがした。またそういったところに今頃になって遺言書という、祖父が死んでしまった事を裏付けるような証拠を突きつけられた事もまた私の心をすっかり動揺させているのだった。

お湯が沸くのをチラチラと無意味に確認しながら珈琲豆をミルで挽き、ドリッパーに粗めの粉になった豆を入れてポットの上に乗せた。するとお湯が沸くまでもう何もする事がなくなった。しばらくその場でそわそわとし、次に理由もなく冷蔵庫を上から順に開けて中身を確かめた。野菜室を開けてビニール袋の中の茗荷を見、そうめんを茹でようと思っていた事に気がついた。そして先程の内田さんとの会話で思い出した今日が自分の誕生日であったのだという事実を思い、私は誕生日にそうめんを茹でて食べようとしていたのだなと思って少しおかしかった。

内田さんは珈琲を一口飲むと眉を上げて、こりゃ美味いですね、と言った。

「近所に良い珈琲店があるんです。それから水も崖下の湧き水を使っているんですよ」

「湧き水ですか」と、言って内田さんはまた一口含み、ころりと口の中で飴玉を舐めるみたいな音をさせてから飲み込むと、そういった事で変わるものなのですね、と感心したように言った。それからテーブルの上の封筒に私の視線が注がれているのに気がつくと、

「どうぞご覧になってください」と、言った。

私は覚悟を決めて封筒を手に取った。封筒の中に入っていたのは一冊の預金通帳と、厚みも重みもほとんど感じられない封筒だった。預金通帳の名義は私の名前になっていた。封筒の裏を返すと今時珍しく封蠟が施されており、少し大きめの毛筆で私の名前が記されていた。

「これは祖父の字ですか」

「そうだと思います」

祖父の字を見るのは初めてだった。一緒に暮らしていた時には目にしていたのだろうとは思うが、どのような字だったのかは記憶にはなかった。達筆には違いないのだろうが、

かくかくと角の尖った癖のある字で、印象にあるおおらかで優しい祖父の姿とは微妙に差があるように思えた。

封を開けると中身はB5の三つ折りで、公正証書の書式とするための必要事項が記されたのち、祖父の家と土地を贈与するという内容がやはり癖のある祖父の字で書かれていた。祖父の家は住む者がおらずしばらくの間空き家になっていたが、ある時その地域の空き家が連続して放火に遭い、その内一件では人の住む隣家に燃え広がってしまうという事件が起こっており、危ないからという理由で取り壊されたはずだった。その頃私はかなり距離のある場所で別の親戚の家に厄介になっていたため、そういった話し合いの場にも取り壊しの現場にも一切立ち会う事はなかったが、それから数年してまた別の親戚の家に厄介になった時、その家が祖父の家と比較的近い位置にあったため訪ねてみたくなった。しかし具体的な住所をはじめ詳しい行き方も分からず、だからそれを尋ね、初めのうちはどうしてそうされたのかは未だに謎だがはぐらかされ、しつこく尋ねていると、それなら叔父に聞けと言われて電話をし、その電話口で何年も前に取り壊したから家はもうない。だから行っても意味がない。と告げられたのだった。

当時私はその事実にかなりの衝撃を受けた。それではもう自分に帰る場所はないのだという、鳩尾《みぞおち》を鷲掴みにされるような漠然とした不安感に襲われた事を覚えている。

預金通帳を開くと最初の欄にある程度のまとまった金額が印字されており、その下は空欄だった。

「もし相続をお受けになるのであれば」と、内田さんが言った。

「記帳してみてください。一年に一度、土地の固定資産税が引かれているはずですから。おそらくもうそれほど残額はないはずですよ」

私はしばらく通帳を眺め、私が相続をし、その後も固定資産税を苦なく払い続ける事ができるようになるであろう時期を考慮して祖父は遺言を書いたのだろうと思った。もしかしたら家庭を持ち、家を考え始める時期をも考慮したのかもしれない。しかし蓋を開けてみれば全くそのような、少なくとも祖父が期待していたであろう大人になる事ができていないという現実が私の胸を締め付けた。

私は一度大きく息を吸い込むと、胸に淀む罪悪感の濃度が酸素によって僅かに薄められるのを待ち、努力して震える喉を引き締め、相続します、と言った。

内田さんは静かに頷くと珈琲を飲み干し、それでは、と言って鞄から必要な書類を出してテーブルに順番に並べた。その一つひとつに丁寧に説明を添えたのち、私に署名と捺印を求めた。私は言われた通りに作業をし、全て終えると内田さんは私が持つべき書類を私に、そうでない書類は自らの鞄にしまって立ち上がった。

「この後の相続に関する手続きなどは全てお任せください。父がすでにお祖父様から料金を受け取っておりますので」と、内田さんは言った。

「おねがいします」

内田さんは会釈をすると玄関に向かい、私も見送るために後に続いた。靴べらを私に返却しながら内田さんが、そう言えば、と言った。

「法律や書類上の事は全てこちらで請け負いますが、税金に関して相談できる方はいらっしゃいますか。もしいなければ紹介しますが」

私がお願いしている税理士がいると答えると内田さんは、それでは役所からの連絡がある前に相談をしておく事をお勧めします、とアドバイスを残してから私の家を後にした。

私はキッチンで珈琲の出し殻をゴミ箱に捨て、カップとポットを洗った。リビングに戻り、先ほど自分が必要事項を記入したばかりの書類を一枚いちまい手にとって眺め、その後で預金通帳を眺めた。鼻を近づけてみると古い紙の匂いがした。

かさり、という音がした。束の間探るような間があって、ことことと壁際を往復する音が続いた。私は、現れるにはまだ随分早いのではないかと思いながらも目を閉じて彼女の立てるささやかな物音に耳を澄ましながら、預金通帳の匂いを嗅ぎ続けた。その晩彼女はずいぶん長い事私の部屋に居座り心地の良い音を私の意識の隅で響かせ続けた。

結城税理士事務所には明かりが点いていなかった。呼び鈴を鳴らしても応答はなかったが二日前に電話で予約しておいた時間までにはまだあと十五分ほど間があったので、ちょっとその辺をぶらついてから出直す事にしようと思い振り返るとちょうどガレージのシャッターが上がり始め、結城先生の運転する車がやってきた。

結城先生は慌てた様子で一度車を降りると、すみません、と言って頭を下げた。

「お待たせしてしまいましたか」

「いえ、すみません。早く到着してしまいました」

結城先生は、事務所の玄関の鍵を開けると私を中に招き入れ、エアコンと明かりをつけてからガレージに車を駐車するために出て行き、すぐに戻って来て再び詫びの言葉を口にした。そこで初めて気がついたのだが、結城先生は喪服姿だった。

「ご不幸ですか」

「えぇ、通夜でした。急に知らせが入ったもので、ご迷惑をおかけしました。暑かったでしょう」

「私が早く来てしまっただけですから。それよりも、大事な式だったのに急がせてしまったのではないですか」

「大丈夫です。むしろ早めに切り上げられる口実があって良かったくらいですよ。亡くなったのは顧客だったんです。こんな時に金関係の人間がいつまでも居座っていたらご家族も落ち着かないでしょう。相続の件でしたね」

促されて内田さんが郵送してくれた詳細な資料も含め全てを結城先生に手渡し、じっくりと検分してもらった。税金に関するアドバイスをもらい、今後の方向性を話し合った結果、とりあえず一時的にはそれほど大きな負担を背負う必要がなさそうだという事が分かった。記帳をしてみたところ預金の減り方から土地の価値はそれほど高くなく、内田さんの予想に反して、私自身の蓄えを少し切り崩せば相続をする場合にかかる税金を賄《まかな》うだけの金額が残されている事が分かったのだった。また、今後かかってくる税金その他のやりくりに関しては結城先生から然るべき方法を伝授してもらい、素人では処理の難しい書類はすべて結城先生が請け負ってくれる事になった。これだけの事でこの数日私の身体にしがみ付いていた名称不明な重みがかなり緩和され、人心地ついた思いで私は長いため息をついた。「相続というのはなかなか嫌なものでしょう」と、結城先生が打ち解けた表情で言った。

「まったくです。とにかくいろんな感情やら想いやらが入り混じって大変ですね。本当にありがとうございます」

「僕もこの家を相続する時には気が重たかったですよ。家だけでなく事務所も同時に相続しました。父は門外漢ですし、僕も継ぐつもりで資格を取りましたが、しかしいざ現実として向き合わざるをえなくなると途端に震えがきました」

「お祖父様とお祖母様の事務所でしたね」

結城先生は頷くと、ゆっくり時間をかけて事務所の空間、備品の一つひとつを確かめるように眺め、そうです、と言った。「祖父母が力を合わせて、一から作り上げた家と事務所です。祖父は高校に行かせてもらえなかったので結婚してから大検をとって夜学に通ったんです。その間祖母は工場の経理をやって知識をつけました。祖父が税理士の免許を取って開業したんです。それから二人で力を合わせて家も建てたみたいですね。とにかく働き通しだったようです」

「立派ですね」

「本当に立派ですよ。お恥ずかしい話ですが、じつを言うと今ある顧客のほとんどが祖父母の時代からの顧客なんです。僕は本当に、ただ継いだだけの男です」

「私はあなたの顧客ですよ」と、言って私は笑った。

「そうでしたね」と、言って結城先生も笑い、茗荷はいかがでした、と言った。私は美味しくいただきましたと答え、それから心地の良い沈黙が続いた。

出し抜けに、夕飯は済みましたか、と結城先生が言った。私が、まだです、と答えると、よかったらどうかという事で二人で食事に出る事になった。結城先生が一度着替えたいと言い、一緒に住居になっている二階に上がった。通された部屋は広々としたリビングで、結城先生は缶ビールとグラスを私に手渡すと寝室に入っていった。

リビングの一角が一段高い床になっていて、そこは畳張りになっていた。壁際に小ぶりな仏壇があり、脇に二枚の写真が添えてあった。テーブルに置かれた花瓶には花が簡単に生けられており、まだ新鮮なようだった。仏壇の手入れも怠っていないようで埃もきれいに払ってあった。香炉には線香を焚いた跡があり、まだ微かにその匂いが漂っていた。二枚の写真の男女は年老いており、どちらも優しげな瞳でこちらに笑いかけていて、どちらかといえば女性の方に結城先生の面影があった。

「祖父と祖母です」と、声がして振り返るとすっかり出かける準備の整った結城先生が立っていた。

「この二人がこの家と事務所を建てたんです。そのグラスも祖父が買ったものですよ。この家にあるほとんどの物がそうなんです。祖母が先に他界しました。祖父もそれから間もなく肺炎で入院して、すぐに」

私は頷いてもう一度写真の顔を眺め、二人がこの家で生活し、下の事務所で向かい合って仕事をしている光景を思い浮かべた。電卓と手書きで仕事をし、部屋にはその音だけが響く。電話がかかってくると取るのは妻で、出来るだけ自分で処理してしまう。その指先の皮はやけに厚くなっていて、妻はそれを電卓の叩き過ぎによるものだとブツブツこぼすが、本当に不満を持っている訳ではない。夫は安心して自分の仕事に専念し、出来るだけ妻に楽をさせてやろうと頑張る。やがて正面にいつも座って電卓を叩いていた妻の姿がなくなり、夫は全てを自分で片付けようとペンを握る手に力を入れる。二人でやっとこなしていた仕事量を一人で背負うには無理があり、しばらくの間は出来るだけ頑張るが、やがて力尽きて事務所は空になる。結城先生がそこにやって来て祖父が座っていた椅子に腰掛けると祖父母のやっていた仕事をそのまま引き継ぐ。二人がそうやって築き上げてきたものを守るためだ。キーボードを叩く結城先生の指先も皮が硬くなっているのだろうか、とそんな事を思った。

結城先生の自宅から駅に向かって五分ほど歩いたところにある居酒屋で食事をする事にした。やはり結城先生の顧客らしく、店に入ると店主が愛想良く挨拶をしてくれた。カウンターの上の大きなザルに旬の食材や総菜が並べられ、そう広くはない厨房では板前が二人テキパキと仕事をしていた。我々は隅の方のテーブル席についてビールを注文し、刺身や焼き魚、炊き合わせなどを気軽な感じで食べ飲んだ。料理は肩肘の張らないシンプルな味付けで、どれも美味しかった。しばらく欲望の赴くままに食べ、腹がふくれると隠れた名物だという確かに美味しいおからを肴にだらだら酒を飲んだ。飲み慣れない日本酒につむじがふわふわしてきた頃、じっと自分の杯を見つめていた結城先生が、死んだのはもう少し駅の方に行ったところにある串焼き屋の主人でした、と呟くように言った。

「毎朝十時前には店に入って一人で仕込みを始めて六時になると店を開け、毎日客につきあって朝方の三時近くまで炭の前に立っていました。そのあと従業員と一緒に掃除をするので帰宅するのは五時になってから。十八の時に親父さんに仕込まれるようになってからはずっとその生活で、それを四十九年続けたんですよ。今日顔を見ましたが、口髭が豊かなのに首や顎にはまったく鬚がないんです。剃ったあともありませんでした。ずっと炭の前に立っているでしょう。根っこごと燃えてしまうんですよ」

「その店はどうなるんですか」

結城先生はしばらくそれについて思いを巡らせた後、分かりません、と言った。

「息子がいるんですが修業をしなかったんです。強要はしませんでしたが、あの人も本当は継いでもらいたいと思っていたと思います。僕が祖父母の事務所を継いだ時には喜んでくれましてね。そんなような事を言っていましたよ」

そこまで言うと、結城先生は突然一人で笑いはじめた。しばらく笑うと、ぐいと杯を空け、私がお酌をする間もなく手酌で杯を満たし、それに少しだけ口をつけるとまた笑った。

「あの人が店を休むのは正月と盆くらいのもので、休みの前には必ず普段よりも金を多く取るんです。孫が遊びにくるから小遣いをやらなきゃならんって、勝手に値段を上げてしまうんですよ。常連客もそれを分かっているから休み前になると敬遠します。そうするともっと値段を上げる。知らずに入った一見の客がしわ寄せを喰らって二度と顔を見せなくなる。それでまた値段が上がるんですよ。兎に角無茶苦茶なんです」

私も笑い、落ち着いたところで酒に口をつけ、しかしすぐに可笑しさがぶり返して来て思わずブッと吹いてテーブルを汚してしまった。慌てて二人でおしぼりを使ってテーブルを拭き、結城先生がこぼれてしまった分の酒をお酌してくれた。私たちは特に示し合わせる事なくお互いの杯を合わせた。死者の思い出を偲ぶつもりだったのだが、思いのほか大きな音がしたので板前の一人がびっくりしてこちらを見た。我々は笑い、酒が底をつくとまたおかわりを注文した。

これでまた、と、結城先生が呟いた。

「これでまた一人、祖父母の事務所を知る者がいなくなりました」

「多いんですか」

結城先生は頷き、天井からさがる提灯を模した照明の光が酒の表面に揺れるのを眺めた。

「稼ぐ事は大事にしていました。しかし手に余る事がない程度の顧客数に限って仕事をしていたので、二人は新規の客というのをあまり作らなかったんです。僕が継いだ時にはこの辺りではもう新しい税理士を必要とする人間がいなくなっていましたから、うちの事務所の顧客というのは古くからの付き合いがある人たちだけなんです。祖父母と同じ時代を生きてきた人たちです。それで特に最近はこういう事が多くなってきました。二人が築いて守り続けてきたあの事務所を知っている人たちがどんどん減ってきているという事です。こればっかりは実際どうしようもない事ですが、そういう現実を目の当たりにすると焦るし淋しい気持ちになります。一人また一人と亡くなって、最後にはあの事務所を知っている人間が世界中を探しても僕だけになる。そしてそれもそう遠い話じゃないでしょう」

結城先生のやや感傷的に過ぎる感のある吐露に内心戸惑いながら私は、反面そういった気持ちがよく理解できるような気がした。

「語れば先延ばしにできるでしょうか」と、私は尋ねた。

「どうでしょう。死者の事をいつまでも忘れずに時折語る事が何よりの供養という話は聞いた事がありますが、実際どうなんでしょうね」

「そういうふうには思いませんか」

「いえ、ただ分からないんです。しかし今こうして耳を傾けていただいて私の中に収まっていた死者への思いやそのエピソードの輪を広げる事はできたと思います」

私は頷き、今日通夜の中心人物となった串焼き屋の店主がどのような人物だったのか、どのような日々を送っていたのかに思いを巡らせてみた。私たちは串焼き屋の店主についていろいろな事を語り、それを聞いた故人を知る客が話に加わり、客が少なくなるとさらに板前も加わった。そうやって多角的に語られるエピソードに耳を傾けながら、私の認識の中の故人の輪郭に厚みが生じ焦点が定まってゆくのを感じた。また今日まで全く知りもしなかった故人に関する物語をきっかけに今日まで全く知りもしなかった人々との間に関係が生じてゆくのはとても不思議な体験だった。

その晩はなかなか眠る事ができず、せっかく入ったベッドから這い出してリビングのテーブルで読書をする事にした。目が冴えてしまわないように最低限の明かりだけをつけて椅子に座ると、目の端に彼女の姿が映った。

彼女はいつもの壁に身を寄せて二本足で立ち、静かにこちらを見つめていた。いつもは物音で彼女がやってきた事に気づくのが普通で、こんなふうに彼女に気がつくのは初めてだった。行ったり来たりするあの動きやそれに連なる物音を聞いて、あぁ来たんだな、と認識していたが、今までにも私が気づかない内からこうやってじっと佇んでいる事があったのだろうか。

行ったり来たりの合間に見せるあのじっとした瞬間にも、いつも耳を動かしたり匂いを探るように鼻先をひくつかせるなど必ずどこかに動きやその気配があったのだが、私が見つけたのは完全に静止した彼女だった。部屋に本来あるはずの音も全て彼女の小さな身体に吸い込まれたみたいに、しん、としており、私自身の呼吸さえも耳には届かなかった。彼女は微動だにせず、しかし目だけはまっすぐ私の姿を捉えているようだった。私はなんとなく身動きを取る事ができずに彼女を見つめ返し、なんらかの反応が返ってくるのを待った。反応は返ってこなかった。気づくと私はテーブルに突っ伏しており、窓からは朝の陽が差し込んできていた。彼女はおらず、遠くで踏切の鳴る音が靄がかって聞こえてきた。

『川が流れて』は月曜日に届いたので、梗概の手直しにはたっぷりと時間をかける事ができた。水野さんは梗概と本、それから絵を描くためのイラストボードを受け取ると、鞄にはしまわずに大事そうに抱えた。

「何か分からない事があったら水曜日の夕方と金、土には図書館で働いているから」

「先生、図書館でも働いているんですか」と、尋ねた水野さんは驚いたような顔をした。

「そうだよ。特集も大学というより図書館の業務なんだ」

「私、よく図書館行きます」

「一、二度見かけたよ」

「全然気づきませんでした」と、水野さんは言って狐につままれたような顔をした。

「短編のアイディアも図書館で本を読んでいて思いついたんです」

「そう」と、言って私は興味を覚え、その時どんな本を読んでいたのかと尋ねた。

「詩集です。いつも詩を読んで絵のアイディア出すので。その時読んでいたのはアンリ・ヴァンヒルっていうフランス人作家の詩集だったんですけど、その中の一編に川の詩があったんです。私たちの足下には常に川が流れてる、いつもそれを感じてる、彼も感じていただろうか、もう分からない、彼はもう川の向こうに行ってしまったから、っていう感じの詩です。で、川って三途の川かなと思ったんです。その人は彼が川の向こうに行ってしまったからどう感じていたかはもう分からないって書いていて、死んだ人が何をどう感じていたかって確かにもう聞かせてもらう事ができないなって思ったんです。それから、死んだ人ってどんな感じなのかなって思ったんです」

　次の授業が始まるチャイムが鳴るのを聞いてハッとした水野さんは頭を下げ急ぎ足で出て行ってしまった。私はなんとなく取り残されたような気持ちになり、今水野さんが明かしてくれた短編のテーマについて頭の中で整理しようと努めた。若い学生らしく失恋に関する物語なのだと勝手に決めつけていたが、今の話を整理してみると川は三途の川で、つまりあれは死にまつわる物語のようだった。それも死者の視点から語られる物語だ。死者が生前何をどう感じていたかは確かにもう本人に教えてもらう事はできないが、死者が現在何をどう感じているのかだって知る事は出来ない。

〔私〕はもうこの世のものではなく、一種の亡霊として短編に登場する。だから〔彼〕は川越しに〔私〕が手を振っているのを見てあんなに驚いていたのだ。そしてまたごうと思えば簡単にまたぐ事のできる川に思わず足を踏み出そうとし、しかし背後に広がる生きる者の世界から何かの呼びかけがあって振り返り、結局還って行く。〔私〕は〔彼〕が消えた事に気づき、すると〔彼〕との間を隔てていた川も消えた事に気づく。そして逆説的に自分自身が生者の世界から消え去ってしまった事に気づくのだ。それは〔私〕にとってはるか昔の出来事で、薄れつつある記憶を辿って一つひとつを確かめるように語り直そうと試みた結果の〔and〕だったという事だ。であればそこには真に迫った理由があり、単なる無意味な多用ではないし少なくとも、すごいんだけど、目立たないって言うか、ちぐはぐしてる、という評価にはならないのではないだろうか。であれば、水野さんが執拗に描くという夥しい羊歯にもそうするだけの真摯な理由があるのではと私は思った。

ところで水野さんは亡霊たる〔私〕の視点から物語を紡ごうと挑戦したが、その中で亡霊は手を振る以外には何も主体的な行動を起こしていない。何を思い、何の為に登場した亡霊なのだろうか。言い伝えられている物語などを振り返ってみると、亡霊という存在はなぜかいつでも無念を晴らすためだとか、誰かを助けるためだとか何か理由があってその姿を現しているように思える。何もせず、何の意味もなくただ現れる亡霊というのはあまり聞いた事がないのだがどうだろう。〔私〕はなんの理由があって物語に登場しているのだろう。そんな事にこだわって考えるのはやはり、彼女の存在を私が知っているからだった。短編のテーマを教えてもらい、〔私〕の存在理由についての「なぜ」を思ったのと同時に、ではなぜ彼女は現れているのだろう、とそんな疑問を抱いたからだった。

　彼女は彼女自身の死後しばらくしてから再び私の部屋に現れるようになった訳だが、それはなぜなのか。この「なぜ」については彼女が初めて現れた晩からずっと胸の隅に小さな異物のように感じていたものだったが、その疑問が浮上しそうになるたびに、だってそういうものなのだ、というよく分からない理屈で蓋をし続けてきた。彼女はなぜ戻ってきたのか。何か私に伝えたい事があるのだろうか。そもそもが物言わぬ鼠だった彼女に語る舌はなく、仮に伝えたい事があったとしても人間の私には汲み取る事ができない。しかし彼女にしたってそんな事は百も承知のはずで、ならば言葉で伝える事以外のところで伝えるべき事があって現れたのだろうか。それとも私が彼女の声を正確に汲み取る事ができると思い込み、その誤解を前提にしたまま出てきてしまったのだろうか。そもそも本当に伝えたい事などあるのだろうか。

考えてみれば、亡霊というものはその性質上必ず誰かに語られる存在として現れる。現れ、語られる。誰かの目に触れなければ語られる事はないわけで、だから誰も見ていないところでは現れない。というか、現れてもそれを知られる術はない。串焼き屋の主人の件もそうだったように、死者となった瞬間に証言というかたちを以って一方的に語られる存在が、つまり常に客体として存在しているのが亡霊であると表す事ができるようにも思う。であれば、彼女が現れたのは、語られるためなのだろうか。彼女は語られたがっているのだろうか。しかしそんな理由でわざわざ一度死んだものが蘇って姿を見せるのだろうか。彼女の現れ方も不思議で、現れても壁際を行ったり来たり繰り返し、たまに立ち止まっては匂いを嗅ぐだけなのだ。一度だけただ現れた晩があった事は確かだが、状況に鑑みてあれは私の夢の中の出来事だったのだという考えを完全に否定する事はできない。

彼女は何を求めて亡霊として現れるようになったのか。私にはそれを考える事が彼女への誠実さであるように思えた。

祖父の家があったのは、祥子さんの家の最寄りの駅から二度乗り換えをして辿り着いた駅から歩いて十五分ほどのところだった。実は私は高熱にうかされて入院した時から一度もこの地を訪れた事がなく、つまり更地になっているところを見るのは初めての事だった。短い期間であったとは言え生活し、祖父母との思い出が詰まった家が更地になっているのを目の当たりにすれば少なからず衝撃を受けるだろうと覚悟して足取りは重かったが、いざ目の前にしてみると、衝撃と呼べるような種類の感情の揺さぶりを感じる事は一切なかった。住宅街に忽然と現れる更地だな、とそう思っただけだった。家の取り壊しは家そのものを無にしただけではなく、思い出さえも更地にしていた。そんな事を思い目の前に広がるそれなりに広い更地を眺めながら、おそらく家がそのまま残っていた方が私の心は衝撃を受けただろうと思った。

三十年近くも放置されていた訳だからもう随分荒廃した様子になっているのだろうと予想していたもののそういった気配はなく、本当にただの更地が住宅街の中にポツリと落ちている、という感じだった。連続放火事件があった地域という事であまり治安の良くない場所なのだろうと考えていたのだが、侵入対策としては道路と土地の境界が簡単なロープで仕切られているだけだった。また、そういった管理であるにもかかわらず隣家との境のブロック塀などにも落書き一つなく、目立ったゴミが不法に投棄されている様子もなかった。たまたま流れの者が放火を働いたというだけで、元々はいたって平和な地域なのかもしれないと私は思った。

私はロープをくぐって土地に足を踏み入れてみた。土地の登記の移転は済ませてあるので正式に私の土地である事には違いないのだが微妙に居心地が悪く、周囲を見回して誰かに目撃されていないだろうかと気になった。土地の中央あたりまで歩いて行ってそこから土地の全体を見回してみた。極端に広い土地ではなかったが、宅地用と考えれば狭くもない土地で、地面は固く土で均《なら》してあった。こういう場所にありがちなぺんぺん草やタンポポがところどころから少し顔を出しており、完全に除草されているという訳ではないにせよある程度の間隔で人の手が入っているようだった。

一度道路際まで戻って土地を眺め、玄関があった場所にあたりをつけてその前に立った。玄関は擦りガラスの引き戸になっていて、門と玄関との間にはささやかな空間があり、門から見て右手側には姫リンゴと鬼灯《ほおずき》が植わっていた。鬼灯の遊び方は祖母が教えてくれた。玄関を入ると廊下が伸び、右側には手前から階段、トイレ、物置があり、左側には居間に続く襖があった。廊下が行き着く先は台所で、一度台所に入って左側に風呂場があった。バランス釜の風呂で、結局私はこの給湯器の使い方を知らないまま大人になった。風呂にはいつも祖母が入れてくれた。くしゃりとした優しい笑顔と頭皮が痛くなるくらいに強い指先の力、縦に伸びて揺れる乳房を思い出す。お湯はいつも熱すぎた。しかしこの熱さと祖父母に守られた幸せな家庭生活の記憶が結びつき、今でも銭湯の熱い湯に浸かると心に安らぎを感じるのかもしれないと思った。

居間は畳張りでテーブルは掘り炬燵になっており、夏でも炬燵布団が掛けられていた。庭側の壁は一面ガラスの引き戸で夜以外には常にカーテンが開けられているのでいつも室内は明るかった。ガラス戸の向こうには縁側が突き出し、小さな庭には長い物干し竿がかかっていて、布団も服も一度に全て干した。洗濯物を干すのは祖父で、細い体軀に似合わず上腕にはいつも筋肉が浮き立って張りがあるように見えるのに、触ると柔らかかった事を思い出した。本当は脳のどこかに格納されていたのに自分で忘れてしまったと思い込んでいた懐かしい記憶が、実際に当時過ごしていた土地の上に立つ事で水が湧くように次々と頭の中に溢れ出してきていた。

祖父はよく私を膝の上に乗せてあぐらをかきブラウン管のテレビで時代劇を見たが、いつも見ながらぶちぶち文句を言っていた。そんなに文句があるのなら見なければ良いのにと私はいつも思ったが、祖父が時代劇を見るのをやめる事はなかった。同じく相撲やニュースを見ていても祖父は文句を言っていたが、あまりに文句を言うものだから不安になって私が見上げるといつもニッコリした顔を返してくれて、それでいつも私はホッとしたものだった。

私は記憶の中にある祖父母の家を歩き回り、最後に縁側に出た。縁側の下には小さな釜が埋まっている。祖父母との旅行から持ち帰った釜飯弁当の一人用の釜で、私はこの釜で米の炊き方を教わった。はじめチョロチョロなかパッパ、と言って教えてくれたのは祖父だった。私はそれが気に入り一時期狂ったように米を炊きまくり、その度に祖父が無理して食べてくれた。しかしそもそもがそんなふうに酷使するのに耐えられるような釜ではなかったのですぐに割れた。割れた釜をどうすれば良いのか分からず私は縁側の下に埋めたのだった。釜飯弁当は三人分買ってあったのでまだ二つ予備があったが、私は怖くなって米炊きをやめてしまった。しかしその頃の反復によって米の炊き方の記憶が身体に染み付いており、電気の炊飯ジャーで米を炊く時にもスイッチを押しながら心の中で、はじめチョロチョロなかパッパ、と唱えている自分に気がつく事がある。祖父との記憶と重ね合わせて考えてみた事がなかったが、すっかり身体に馴染んでしまっているこの言葉も米の炊き方も祖父に教わったものだったのだという事実に私は身震いをした。

私は慎重に時間を使って確かこの辺り、と思うところを掘ってみたが結局釜の痕跡は見つからなかった。家を取り壊す時にはまさか地面から上だけを工事する訳ではないのだから地面も掘り返して様々なものが取り除かれたのだろうと思うと、そこで初めて悲しくなった。もう何もかもが取り除かれて、ここにはただ土地が残されているだけなのだと思った。

目眩《めまい》に似た感覚に襲われ思わず腰掛けたくなったが縁側はもはやなく、途方に暮れて佇んでいると、雑草の陰に何かが見えた。ボールか何かかと思い無用心に近づいてみると、それはパッと弾けるように飛び出した。まっすぐ進んでブロック塀に行き当たると直角移動をし、息をもつかせぬ間に道路に出てそのまま向かいの家の敷地内に入ってしまった。鼠だった。鼠の恐るべき俊敏性にも驚いたが、祖父母の家が建っていたところに鼠がいた事にも驚いた。彼女と出会って鼠など見るのは初めてだと思ったが、しかしいつ鼠と遭遇してもおかしくはない場所で私は暮らしていたのだ。その事実に虚を突かれた思いがした。

今回の訪問の目的はやはり早い内にこの目で土地を確かめておきたいと思ったからだった。この土地にいつか私の家を建てるのか、そういう事にはならないのかそれはまだ分からなかったが、どのような処分をするにせよ、まずは冷静になってからじっくり考えるのが良さそうだと、そんなふうに思った。かつて縁側があり、その下に私が米を炊いた釜が埋まっていた辺りに立って再び土地の全貌を眺め深呼吸を二度すると、微かにキジバトが鳴いている声が聞こえた。低く空気が震えるような、ほーほー、ほぅっほーという鳴き声は幼い私にフクロウを思わせた。祖父母の家にはフクロウがやって来るのだと思い込んで、あれは鳩の鳴き声なのだと聞かされてもなかなか信じる事ができなかった。

小さい庭の物干し竿は塀と屋根に挟まれて、それが外敵の死角になると判断されるのか、祖父母の家には色々な鳥が遊びに来ていた。雀や鳩はもちろんよく来たが、メジロも来た。若草色の背中が可愛らしく、都心からそう離れている訳ではなく雪は滅多に降らなかったが、少し積もると二羽くらいでやって来て雪遊びをしているのを見る事ができた。しかしそんな祖父母の家はもはやなく、今でもまだメジロが遊びに来るのかどうかも分からなかった。世界に存在を知っている者が自分以外に誰もいなくなると語った結城先生の感傷が再び私の胸に降りてきて、息を詰まらせた。

もし今ここに祖父母の亡霊が現れたとしたら、そこにはどのような意味があるのだろうか。何か言いたい事はあるだろうか。消滅してしまった家の跡地を眺め、何を思うだろう。そして今この場所に立つ大人になった私を見て何を思うのだろうか。私は一度も祖父母の亡霊を見た事がない。つまりそれは祖父母には現れるだけの理由がないという事なのだろうか。改めて語られる事などないという事なのだろうか。今となっては、いや、今まさに分からなかった。

帰りの電車の中で祖父母の亡霊について思いを巡らせてみたが、二人が亡霊として現れるところを思い浮かべる事がどうしてもできなかった。いくら思い浮かべようとしても像を結ぶのは生前優しく私を見守ってくれたあの優しい笑顔ばかりで、何かを訴えかけてくるような表情や佇まいの二人の姿を描く事がどうしてもできなかった。しかし亡霊というものはそもそも皆がみんな本当に訴えかけてくるような様子で現れるものなのだろうか。彼女は亡霊に違いないが、別に何かを訴えかけてくる様子はなく、基本的には生前やっていたのと同じ動きを延々繰り返し続けているだけだった。

それでは彼女は別に亡霊ではないのだろうか。そもそも亡霊とは何なのか。そんな問いを頭の中でぐるぐるさせながら然るべき駅で乗り換えをし、また車窓に流れる景色を眺め、また乗り換えをした。

車内は空いていて、好きなように座席を選んで座る事ができた。私の斜め向かい側に座るのは女の子と若い母親で、母親が小さな絵本のようなものを膝に乗せ、こちらには聞こえてこない程度の声量で女の子に読み聞かせをしてあげているようだった。女の子は真剣な表情で絵本を覗き込み、時折母親の声にピクリと身体を反応させてはさらに見入った。しばらくぼんやり二人を眺めていると、まずは母親が、そして声が止んだ事に気がついた女の子がつられて私の方を見た。私は慌てて目を伏せたが、訝しんだ二人分の視線を感じて気まずかった。同時に、しかし、とも思った。人でも動物でもその個体が、見る見られる、語る語られる、といった主体客体の両面を持つ事によって存在し得ているのであれば客体のみで存在するという事は不可能なわけで、もしもそのような存在の仕方を可能にするものがあるとすれば、それは亡霊に他ならないだろう。常に見られ、語られる対象としてのみ存在する亡霊は、それでは私たちの事を見ているのだろうか、と、そんな疑問が浮かんだのだった。

彼女はあの往復運動の合間にぴたりと動きを止めて私を見つめる。しかし彼女は本当に私を見つめているのだろうか。もし仮に主体として私という客体を見つめていないのであれば、なぜ彼女は私を見つめるのか。顔を上げると車窓に映る自分の顔がこちらを見つめ返してきていた。いつの間にか外は暗くなりかけていた。私はしばらく車窓に映る私自身の像を見つめ、それから目を逸らし、もう一度見つめた。そうすると私の像も全く同じ動きをした。そんな無益な作業を続ける内、私の頭の中には、新たな疑問が浮かんできた。

彼女は私を見つめているのではなく、私に見つめさせられているのでは？　彼女が現れたくて現れたのではなく、私の願望によって現れているに過ぎない存在である可能性はないだろうか。もしも彼女が私の一方的な願望によって現れた亡霊だったとして、しかしその反面語るべき事を持つ主体として現れているのであれば、彼女の声にもっと耳を傾ける義務が私にはあるのではないだろうか。

その晩やはり彼女は現れた。テーブルについて読書をしながら待ち構えていたところ、物音に気がついてそちらの方を見ていると一生懸命往復運動を行っていた。右に駆け、壁の端まで来ると跳ね返るように左に駆け、また壁の端に来ると反対方向に跳ね返る。そのリズムはメトロノームのように正確で、それに伴うことことというあの微かな音が私の体内のリズムに呼応して心地良く眠りを誘ってくる。思わず落ちかけた瞼を上げて、私は彼女を見つめ続けた。彼女は何十往復目かの途中でハッとしたようにぴたりと身体を止めて鼻をひくつかせながら素早く周囲を見回し、私の顔に視線を止めてじっと見つめてきた。私は見つめ返し、彼女の云わんとしている事を読み取ろうとした。全然何も分からなかった。彼女が生きていた時にだって我々は意思疎通を成功させた事はなく、向こうの方ではどうか分からないが、私にとって彼女は全くの未知な動物で、何を考えているのかなんて全然分からず、良かれと思ってはよく的外れな行動を取って彼女をキョトンとさせていた。彼女はお腹が空いたという意思表示さえせず、しかし私が餌を用意すれば一生懸命食べた。その動きには欲求というよりも本能的な反射を感じさせ、欲しがっているのかどうかよく分からなかった。彼女がどうしてああも熱心に壁際を往復するのかだって謎だし、そもそもが私の理解を超えた存在だった。だから私としてはただ彼女の行動を見て、彼女がそうしているという外側の様子のみをただ、彼女がそうしている、と描写する他ないのだった。彼女の行動や反応を捉え、そこに「なぜなら」という説明を加える事はほとんど不可能だった。彼女が欲しがっていると私が明確に判断できるものが一つだけあり、それが珈琲豆だったが、そこにもやはり「なぜなら」という説明を加える事が私にはできない。彼女は珈琲豆を欲しがる、なぜならば、彼女はおそらく珈琲豆が好きだから、なぜなら、好きだから、なぜなら、なぜならば……。彼女は理解するための余地を与えてくれないのだ。それなのに今更彼女が何を欲しているのかなど私に理解できるはずがないし、理解できるとして、どのようにすれば理解する事ができるのかも分からなかった。

彼女はぷいと私から目を逸らし、また単調な動きを再開した。なぜ彼女はあんなにも一心不乱に壁際を行ったり来たりするのか。死後再び姿を現してまでなぜ繰り返すのか。その「なぜなら」を解き明かし、尊重したいと思うのだが、その「なぜなら」を理解する事が私にできるのだろうか。

テーブルの上に用意しておいた珈琲豆を放ってみた。彼女は俊敏に動きを止めつつ落下した珈琲豆を目視したのち一瞬で飛びかかり両手で確保するやいなや壁際にすっと戻って背中を預け、珈琲豆に鼻を埋めて真剣な表情で匂いを嗅いだ。彼女が死後私の行動に反応を表すのは初めての事だった。私が立ち上がったり物音を立てた時にこちらの方を見たり動きを止めたりする事はあったが、ここまであからさまに反応を示した事はなかった。そもそも私の方から彼女に対して何か積極的な行動を取ってみた事がなかった。気づくと現れ、動きを見つめている内にその動きがあまりにも単調なため意識が別のところに向かい、そうして戻ってくるといつの間にか消えるのが彼女だった。

彼女は熱心に珈琲豆の匂いを嗅ぎ、たまに少し齧ってみてはまた匂いを嗅いだ。まさか珈琲豆の香りが忘れられずに亡霊になった訳ではないだろうが、それにしてもずいぶん熱心に匂いを嗅ぎ、次の瞬間口に含んだ。しばらくモゴモゴとやったのち吐き出して、それを拾ってまた匂いを嗅ぎだしたと思ったら再び口に含み、そのまま壁際の往復を再開した。飲み下すような動作は見られなかったのでまだ豆は口の中にあるのだと思うが、その後なかなか立ち止まらずに彼女は壁際の往復を続けた。新しい豆を買ってくる頃には古い豆がなくなっていたので食べているのではないかとは思っていたが、実際に彼女が珈琲豆を丸々口に入れるところを見るのは初めてで、私は新鮮な驚きとともに彼女を見つめた。

彼女は相変わらず壁際の往復運動を続けており、いつまで経ってもそのペースが落ちる事はなかった。そんな彼女の行動を黙って見守りながら、なぜそんな事を続けるのか、と思った。

生前彼女は確かにあのように一心不乱に行ったり来たりしていたが、しかしなにも死んでしまってまで繰り返さなくても良いのではないだろうか。そんなふうに考えると私は悲しくなった。もう死んでしまっていて自由に出たり消えたり出来るのだから、好きなようにどこにでも行って好きなだけ駆け回れば良いものをどうして夜な夜な出て来てはそんなに短い距離を行ったり来たりと繰り返さなければならないのか。そもそも彼女の自由を奪ってしまったのは私なのだ。本当は生前にだって好きな時に好きな場所に行けたのに、それを頼まれてもいないのに私が捕まえて、あろう事か蚤まで退治して二階の私の部屋に住まわせてしまったのだ。そして壁際を行ったり来たりと運動する事を覚え、自由を奪われたままに死に、亡霊として蘇ってなお突然もたらされた不自由に束縛され続けているのだ。

私はもう彼女の事を見ていられなくなって立ち上がった。勢いよく立ち上がったせいで椅子が倒れ、彼女がびくりと動きを止めてこちらを見た。見ているのは私ではなく椅子で、とりわけ前脚の先の方を見つめているようだった。彼女の視線につられるようにして脚の先を見てみると、そこが毛羽立っているのに気がついた。おや、と思いしゃがみこんでよく見てみると毛羽立っているのではなく明らかに傷ついているのが見て取れた。細かく観察を進めてみると、細かく幾重にも抉《えぐ》られ剝き出しになった木の繊維が複雑な凹凸《おうとつ》を作り出しており、細く鋭利なもので何度も何度も場所を微妙に変えながら削られた結果生じた疵痕《きずあと》のようだった。しゃがんだ姿勢のまま彼女を見ると、彼女の方でもまだこちらの方を見つめており、しばらくするとしゃっくりをするように瞬間的に身体を波打たせ、口から珈琲豆を吐き出した。彼女はびっくりしたみたいにすぐ珈琲豆を拾い上げ、一瞬匂いを嗅ぐとまた口の中に入れた。その瞬間、僅かではあるけれども珈琲豆の側面が欠けているのが確かに見えた。

私は椅子の脚に視線を戻した。間違いなかった。これは彼女が齧った跡だった。彼女は生きていた時にも亡霊となって現れてからも片時も壁際から離れようとせず、移動も全て壁に身体を擦り付けるように行った。それなのになぜ、壁からこんなに離れた椅子の先が齧られているのか。

なぜならば、彼女が常に壁際から離れないなどというのは嘘だから。なぜならば、そう考えなければ辻褄が合わないから。なぜならば、あんなふうに一辺の壁際のみを移動し続ける鼠などいるはずがないから。なぜならば、私はその事を知っていたから。なぜならば、知っていた事を思い出したから。なぜならば、事実椅子の脚が彼女によって齧られており、事実その現場を私は見た事があったから。そしてそれを記憶の隅に押しやり、確かにあの壁際を往復する事が非常に多かった彼女の印象によって覆い隠し、彼女はああいう鼠なのだと思い込んでしまっていたから。

愕然として傷ついた脚の先を眺めていると、ことことという物音が私の耳に届いた。見ると、彼女が壁際を一心不乱に往復していた。

解放してやらなければならない、と、私は思った。

彼女はいつもその姿を現してくれた。私の「こんな日には現れる」という思い込みに応えるように来てくれた。わたしの「やっぱりやって来た」に報いるために彼女は意志に反して夜な夜な部屋に現れ、本当はもう実体もないのにあるようなふりをして、決められた範囲を決められた速度で延々動き続ける事だけのための存在として戻って来てくれていた。私が決めた範囲、私が決めた速度だ。私が私を騙し、彼女の存在をそんなふうに決め付けてしまったせいだ。彼女は私の印象の中にある彼女の行動だけを忠実に再現し、夜な夜な現れては強いられているのだ。主体にはなり得ず、完全なる客体として状況にかかわらず感情を伴わず私の意識の管理下で決められた動きを繰り返す。こんなに悲しい事があるだろうか。そんなに残酷な事が許されていいのだろうか。解放してやらなければならない、とそう決心したものの、では具体的にどうすればいいのか分からないままその後も彼女は夜な夜な姿を現し続けた。

私は最初、彼女について色々な人に語るという方法を思いつきしばらくの間実践した。もしも私の彼女への認識の程度が彼女の行動その他を規定してしまっているのだとすれば、彼女を私のイメージと認識の範囲内から解放するべきだと思ったからだった。そしてそれを実現させるためには、彼女というイメージを私の認識のみに縛り付けるのではなく、たくさんの認識に拡散させるのがいいのではと考えたからだった。ちょうど串焼き屋の主人のイメージが様々な人からの言葉によって私の中に構築されて強度を増したように、彼女を認識する主体を増やす事によって彼女が私という器の境界線を飛び越えて幅を持つ事につながるのではないかと思ったのだった。

しかしそれは結局彼女に対するイメージを持つ主体側が複眼となる事で、彼女の客体としての強度を高めるための行動に他ならず、当然の事ながら彼女を主体とする機会を与える事にはならなかった。そしてそんな事を繰り返す内に、そもそも彼女は何かを語りたがっているのだろうかという当然の疑問に行き着いた。

私がどうすれば彼女を解放する事ができるのかと悩みいろいろな方法を試している間にも彼女は夜な夜な現れて壁際の往復運動を実践した。やはり私の思考に影響を受けるようで、私が彼女の事を考えれば考えるほど現れる頻度は増し、ほとんど毎晩現れるようになった。そして現れれば現れるだけ、私が彼女はこういうふうだったと思う行動のみを繰り返し、それを見て私はだんだん怖くなってきた。彼女の事を考える内、そういえばこんな事をしていた、とか、こんな姿が愛らしかった、などといった記憶が蘇る度、彼女は現れて全くその通りの行動を私に見せつけるのが悲しかった。かえってそれが、彼女はもういないのだ、という感慨を激しく私の体に叩きつけた。打たれたように衝撃が炸裂し、鋭い痛みが散り、いつまでも重たくびりびりと痺れて胸が苦しかった。しかし彼女は「彼女らしい」動きを延々と続けながら、特段何かを語ろうとはしていないようにも見えた。実際彼女の事を誰かに話してみた晩にも、そんな事には一切頓着しない様子でいつもと変わらない行動をとったし、だからやはり語る事が供養になっているふうでもなく、そして気が済むといつの間にか消えているのだった。こういう彼女の様子を眺め、私は心苦しいながらもこのようにして彼女と暮らしてゆく他ないのだろうかと半分諦め始めてもいた。

私の前期最後の授業日に水野さんが提出してくれたのは一見風景画だった。下の五分の三ほどの面積を山並みが占め、その上に空が広がっていた。山々が折り重なるように描かれており、手前側の山が濃い緑色をしているのに対して奥にゆくに連れて青みが増し、そして白が増してゆき、最終的に空へと接続されていた。山間には川が所々でカーヴしながらその幅を変えており、それらがバランス良くまとまったほのぼのとした美しい風景画のようだった。しかしよく観察してみると。その山々を構成しているのは無数の植物と思われるものの集積で、みっちりと植物が凝固して山の形をなしているのだった。

「これは……」

「ピカンとか、クレマチス、カタクリ、ジャガイモ、麦、カボチャ、ビャクシン、ヨモギ、メスキートなどなどです。あとサボテン類もあります。ものすごくたくさん植物が出てきたので、全部調べるのが大変でした」

「全部?」と、私は思わず声を上げた。「小説に登場する植物全部って事」

「そうです。この小説って植物とか動物がすごくたくさん描かれてますよね。ジュリアンたちの生活ももちろん描かれてるんですけど、だけどどっちかと言うと主役は植物の方だと思ったんです。植物たちの物語があって、その中でジュリアンの物語があるというか。なので、登場人物の紹介よりも登場植物の紹介をした方がいいかなと思ったんです。だけどどこれじゃあまずかったですよね」

「いや」と、私は答え、それからまじまじと水野さんの描いてくれたイラストを見つめた。イラストというより絵画と呼ぶ方がしっくりとくるその絵には、確かにものすごくたくさんの植物たちが登場しており、その全てが特徴を捉えられ一つとして同じフォルムのものはなかった。全てが全て描き込まれている訳ではなかったが、それも部分と全体のバランスを考慮した結果のようにも思えた。『川が流れて』は確かに動植物を含めた自然描写が濃密な作品としても有名ではあったが、しかし目の前に突きつけられてみると、こんなにも膨大な量の植物が登場しているのかと圧倒される思いがした。

「すごくいいと思う」

水野さんは大変驚いた様子で私の顔をまじまじと見つめ、本当ですか、と言った。

「うん。本の雰囲気が出ているし、着眼点がいいと思う。素人意見だけど絵自体とても見応えがあるから」

「ありがとうございます」と、息を吐き出すようにして言った水野さんはその後しばらくニヤニヤとし、我に返ったように真顔になると、よかった、と言って息を吐いた。ころころと分かりやすく変わる水野さんの表情に私はおもわず笑ってしまい、水野さんは突然笑い出した私を戸惑った目で見つめた。

「そんなに不安だったの」と、私は尋ねた。

「はい。見せた途端に鼻で笑われて突き返されたらどうしようかと思って。昨日は眠れませんでした」

水野さんの極端な台詞と実感のこもった悲愴感あふれる表情がおかしくて私はまた笑ってしまったが、しかし普段はそのような事を考えて眠れなくなったとしても仕方がないような状況の中で制作をしているのだろうかと思い、少し気の毒になった。

「本当にいい作品だと思う。ありがとう」

水野さんはぺこりと頭を下げ少し考えてから、だけど、と言った。

「先生が私の短編を読んでこの小説を思い出したって、なんとなく分かる気がしました」

「そう？」

「はい。ジュリアンはいつも巨大な川の存在を感じながら生活をしていて、どんな事をしていても頭の隅というか意識の隅で川の事を意識していますよね。それってアンリ・ヴァンヒルの詩と通じるところがあるし、それなら影響を受けた私の短編と従兄弟みたいに通じててもおかしくないのかなって」

そうかもしれない。と、私は思い、そう言った。

「対岸に行こうとするけど結局戻るっていう点も少し似ているね」

「それなんですけど」と、言って水野さんは頭の中を整理するようにしばらく黙りこんだ。

「ジュリアンは本当に引き返したんでしょうか」

「と、言うと？」

「なんとなく本当はジュリアンはあのまま川を渡っていて、移民の女の子とも会ったんじゃないかって思うんです」

私はそれについて考えてみたが、記憶にある文章からはそのように匂わせる部分を発見する事ができず、どうしてそう思うの、と尋ねた。

「理屈は何もないんですけど、なんとなくそう思ったんです。実際は会ってみたけど全然面白くなくて、川越しに見ていた時と比べて可愛くもなかったから、無かった事にしちゃったんじゃないかなって思ったんです。その後もたまに女の子の描写が入るけど、だけど前みたいに、話してみたい、っていうジュリアンの欲求が感じられなかったので」

「たしかに」と、私は頷き、記憶を辿って、前後のジュリアンの女の子への視線に変化が見られるような気配が確かにあった事を確認した。私ははっきり薄く氷の張った川の上に立ってしまったせいで川への恐怖を再認識し、尚且つ諦めて引き返してしまったという決まりの悪さから生じる変化なのだろうというふうに考えていたのだが、そう言われてみれば、確かにそのような気配が滲んでいるような感触があった。

「この小説って常に過去形で語られてるから、ジュリアンにその気があればいくらだって嘘つけちゃいますもんね」

「それはまぁ、そうだね」と、私は認めた。それから少し考えて、水野さんの短編に登場する〔彼〕も本当は川を渡ったの、と尋ねた。

「渡ってないと思います。渡っていたら川なんて問題じゃなくなるので、それこそ〔私〕は省略したと思います」

「なるほど。ところでどうして〔私〕は〔彼〕の前に現れたんだろう。それから、どうして後になってからその事を誰かに語る気になったのかな」

水野さんは目だけで上を向き、そのまま眼球を左右に何度か振るとやがて唸り声をあげながら首をかしげ、すみませんちょっと難しいです、と言った。

「でも、三途の川ってよくエピソードとして語られますけど、基本的には向こうの方からやって来るっていうよりこちらの方からそっちの方へ向かって辿り着くわけですよね。渡る渡らないにかかわらず」

「臨死体験だね」

「はい。生きている人が死にかける事によってそっちの方に足を向けるんだと思うんです。それで当たり前のように辿り着いちゃうんですけど、じゃあそれって結局どこにあるんだろうって思いませんか」

水野さんの問いかけに私は首を捻った。私はそんなふうに三途の川の地理的な所在について思いを巡らせた事など無かった。

「私は思った事があるんです。一緒に暮らしてた祖母が亡くなって、親戚の人が、あぁついに三途の川渡っちゃったんだね、って言うのを聞いて、おばあちゃんは今目の前にいるのに、渡っちゃってるの、って。で、それって実際どこにあるの、って思ったんです。だけど、アンリ・ヴァンヒルの詩集を読んで、あ、いつも私たちの足下に流れてるんだ、流れてる事をいつでも私たちは感じてるんだ、だからいつでもそういうタイミングがきたら降りていけるし、いつもある、本当は知ってるところに行くわけだから、だから川さえ渡りきらなければいつでも戻ってこられるんだ、って、そういうふうに納得したんです」

水野さんはそこで一度言葉を切って今自分が話した内容をもう一度確かめるような間を挟んだのち、だから〔私〕は意図して現れたっていうよりもいつでもそこにいて〔彼〕が臨死体験をする事でその事に気づいたっていう方が正しいのかもしれません、と付け加えた。

「で、多分、〔彼〕が〔私〕を見ている時にしか〔私〕は〔彼〕を見られないんです」

「だから〔彼〕が視線を逸らした途端に〔私〕は消えた」

水野さんはまた首をかしげ、いかにも自信がなさそうに、多分、と言った。

「すみません、そこまで考えていませんでした」

水野さんのしゅんとした様子に私は慌てて、興味本位で考えてみたくなっただけだから気にしないで欲しいと伝え、そしてこんな事は本当は重大なルール違反なのだが、私の授業におけるあなたの成績は間違いなく〔秀〕であると宣言をした。

水野さんは愕然とした顔つきになり、何秒間も言葉を発さずぱちぱちとまばたきを繰り返し最終的に、え、とだけ言ってまた私を笑わせた。

「今まで読んだ学生の短編の中で一番素晴らしかった。しっかりテーマを据えて描いているし、方法にも意味のある工夫があったしね」と、私は正直に言った。しかし本当に正直な事を告白すれば水野さんのように真面目に短編に取り組んでくれる学生がそもそも少ないのだったが、その真実についてはお互いのために触れないでおく事にした。また、テーマとそのための方法論という点ではおそらく普段絵を描く時にもそうだと思うのだが、今度学内でも学外でも絵を発表する時に是非見せていただきたいので教えて欲しいという事を伝えた。水野さんは分かりやすい満面の笑みを浮かべて、是非と答えると頭をぺこりと下げて去って行った。

私は講義室の後片付けを終えると水野さんが描いてくれた絵を持って図書館に向かった。渡井さんはいつものように司書席に座って真剣な目でパソコンのディスプレイを覗き込み猛烈な勢いでキーボードを叩いていた。渡井さんの細い指はほとんど音もなくキーボードの上で躍っているのだが、特に右手の薬指の叩く力が強くその時だけはキレのいいジャブが炸裂したような音が響いた。一通りの作業が終わるのを見計らい、半分自慢するような心持ちで、次回の特集に使うイラストです、と水野さんの絵を見せに行った。渡井さんは首筋を指で揉み解しながら絵を見つめると、日本画学科二年の水野まひるさんね、と確認を求めるように問いかけ私を驚かせた。

「ご存知だったんですか」

「見れば分かるじゃない」と、渡井さんは言うと、両手の指を組んで腕を伸ばし首をぐりぐり回してから、いいじゃない、と言った。

いいじゃない、という言葉が水野さんの絵に対して発せられた言葉だという事は理解できたものの私はちょっと混乱し、そのまま棒立ちになって渡井さんの顔を見つめた。

「なに」と、言った渡井さんの表情はいかにも怪訝といった感じだった。

「水野さんにイラストを依頼した事はご存知ありませんでしたよね」

渡井さんは、目を剝いて私を見つめ、当たり前じゃない、と言った。別に怒っている訳ではなく、驚いた時に渡井さんがいつもする表情だった。

「報告受けてないもの。そもそも企画と準備に関して全面的にあなたに任せているんだから報告なんていらないし、だからあなたもしない訳でしょう。それなら誰に依頼しているのか私が知る訳ないじゃない」

「いえ、絵を見た途端に水野さんの名前を出されたので、それでてっきりご存知なのかと思ったんです」

「だから」と言うと、渡井さんはできの悪い生徒を見るような目で私を見つめ、絵を見れば分かるでしょう、と言った。

「各学年各科それぞれ少なくとも一年に二度は学内で展示をするじゃない」

私はまた自分の頭が混乱し始めるのを感じながら、まさかとは思いつつも恐る恐る、学生全員の名前と絵を覚えているって事ですか、と尋ねた。渡井さんは驚愕の表情を浮かべ、だから一年に少なくとも二度は学内で、と言いかけ、それから疑るような目で、

「まさかあなた見に行っていないの」と、言った。

「毎回見に行っています」と、私は正直に答えた。答えつつも、大雑把に見積もって学生の人数が二千人程である事を頭の中で確認し、身震いをした。適当な事を言ってその場を濁し、自分を落ち着かせるために図書館の中をうろうろ歩き回った。その内詩集の書架にたどり着き、ほとんど無意識の内にアンリ・ヴァンヒルの詩集を抜き取ってその場で読み耽った。

詩集は結局借りた。夕食を済ませ、湧き水で淹れた珈琲を飲みながら読んでいると、後頭部の奥の方で冷たい感触がした。それは気をつけなければ気がつかないほど仄かに響くちろちろという水気のある音とともにじわりと拡がって、首の神経を伝って背骨におり、そこから瞬く間に、沁みるように全身に拡がった。暗く湿気を含んだ土の下、ゆっくり舌先で舐めるように水が浸透してゆき徐々に道が成り、その舌先を無数に枝分かれさせながら慎重にその浸透圧をもって水脈を伸ばしてゆくそのイメージが私の脳内に実感を持って映し出された。水脈は広がり、私の足下にも広がり、土の繊維、粒子の裂け目を伝って上に沁み、やがて地面を割って地表にまで滲み出す。滲み出し、滲み出し、やがて湧いて地表を水面とし、その範囲を僅かずつとは言え拡げてゆき、水底の割れ目から脈々と溢れる地下水によってひんやりとした静寂を保ち続ける。私はいつの間にか目を瞑《つむ》っている。目をゆっくりと開けると壁際で彼女が二本足で立ち、可能な限りに身体を伸ばした状態で静止し、上向かせた鼻先と、丸みのある耳をひくつかせていた。

彼女は背を丸め前足を床につけると一度周囲を見回したのち壁際の往復運動を始めた。こととことと、小気味好い微かな音が一定のリズムで響くのに私は耳を傾けた。それは私を心安らかにする音だった。

私は父と母のことをほとんど何も知らなかった。知っているのは名前、享年、営んでいた仕事、もちろん写真で顔を見たこともあった。新婚旅行の最中に撮った坂道でのツーショットと、赤ん坊の私と一緒に撮った家族写真。母の腕に抱かれる私はあまりに幼く、それを見るどの時点の私自身とも全く関連性がないように思えることが余計に両親を遠い存在に感じさせた。一緒に過ごした日々の記憶はもちろんなく、死後私の目の前に現れたこともない。ただ、二人の人生が幸せなものであったのなら、と私は思った。祖父母もまた私の前に現れることはなかったが、土地を残してくれた。しかし家はもうなく、鳥たちが遊んだささやかな庭も消えてしまった。私は割れてしまった釜を思った。いったいどれだけの回数米を炊いただろうか。そううまく炊けていなかったはずの米を祖父は茶碗何杯分食べただろう。祖母の強い指先は、何度私の頭を洗っただろう。生涯洗うことになるそのやり方を私はいつから自分でできるようになったのだったか。夜通しドキュメンタリーを観て頭が痛むと聞いて揉んだ祥子さんの肩のなんと薄かったことか。あなたは指の力が強いのね、と言われて慌てて緩めた指先のじんわりとしたあたたかさが懐かしい。欄間から射す白っぽい光に柔らかく輪郭を浮き上がらせた彼女の姿は息をのむようで、間も無く完全なる弛緩を迎えるとはとても思えなかった。左右でいびつに開かれた目は相変わらず光を受けて深く輝き、わずかに開いた口からは細かな歯が覗いていた。手足はそんなに長かったのかと思わされるほどに伸びきって、しかし彼女はとても小さかった。今目の前の彼女は一心不乱に私に心地好い音を立てている。

しばらく耳をすませてから私は立ち上がった。彼女はぴたりと動きを止め、二本足で立って私の目をまっすぐに見つめた。思慮深く透明度の高い黒目がちな瞳。私も彼女の目を見つめ返した。彼女は私から目を逸らす事なくいつまでも私を見つめていた。いつものように、と浮かびかけた言葉を私は胸の中で掻き消した。彼女がこんなふうに私の目を見つめたのは、出会ったあの日の一度だけだ。

擦りガラスの窓を開けると空気の流れに変化が生じ、窓の外、見下ろす事のできる下屋根の軒といに飾られた風見鶏の風車が回転した。祥子さんに頼まれて私が取り付けたものだった。祥子さんは失踪した時いろいろなものをきれいに片付けて行ったのに、この風見鶏には手をつけなかった。頼りないくらいに細い銅棒の交わるところに鶏がちょこんと止まっており、嘴の先にのびる風車はごく薄い銅板でできているためほんのわずかな風も感知し、ことことと回転した。私は窓をくぐるようにして下屋根に下りると、風見鶏を軒といから取り外した。部屋に戻り、少し錆び付いた風見鶏を眺め、ティッシュを二、三枚取って簡単に汚れを拭うと押入れの中に片付けた。

彼女は姿を消していた。彼女は語らず、私も彼女について語るべき言葉を持っていなかった。ほんのわずかの間、私たちは暮らした。深く呼吸をすると鼻腔の奥に土を浸す匂いがかすめ、庭の木々の葉擦れがした。

山家望
（やまいえ・のぞみ）
1987年東京都生まれ、東京都在住。
武蔵野美術大学卒業、東京藝術大学大学院修了。

「birth」は第37回太宰治賞受賞作品です。
「彼女がなるべく遠くへ行けるように」は
第34回太宰治賞最終候補作品を加筆修正しました。

birth
2021年11月30日　初版第一刷発行

著者　山家望

発行者　喜入冬子

発行所　株式会社筑摩書房
東京都台東区蔵前2-5-3　〒111-8755
電話番号　03-5687-2601（代表）

印刷・製本　中央精版印刷株式会社

ISBN978-4-480-80506-5 C0093